邑上主水
上文
JN041081
神からもらった
【安眠】スキルは
どうやら領地経営に最適だったようです
聖獣とのんびり昼寝していただけなのに、気付けばなんでも育つ最強領地になっていた

CHARACTERS
ヒビキのような
強い男は他にいない！
ララティナ
父親に代わって
辺境のフラン村を治めている。
責任感が強く村人思いで、弓が得意。
ヒビキの腕を見込んで、頼みが
あるようで…。
悠々自適な異世界ライフ…
これは期待しちゃうな
ヒビキ
睡眠不足で過労死してしまい、
異世界に転生。第二の人生は、
寝るだけで最強になれる
【安眠】スキルでのんびり
暮らすことを決意。
吾輩は女神
アルテナの眷属、
聖獣バロンぞ
シロン
森でけがをしているところを
ヒビキに救われ、シロンと
名付けられた。
ヒビキの頭の上がお気に入り。

[good sleep]skill is most suitable
ありがとう。
その、ユーユを
助けてくれて…
ユーユ
フラン村の近くにある
鬼人族集落に住む少女。
瘴気の影響で食糧不足に陥り、
お腹を空かせて倒れていたところを
ヒビキに救われる。
ヒビキ殿に
生涯忠誠を
誓います
カイエン
鬼人族集落の長で、
ユーユの父親。
妖刀の使い手で、数々の人間や
モンスターを葬ってきたことから
「羅刹王」の異名を持つ。
for territory management.

苗を植えたのは
昨日だよね……？
ラティナさんたちと
植え替えた黄金トマトの苗。
それが見違えるように大きくなり――
巨大な黄金色の実を付けていたのだ。
一面キラキラと輝く黄金の絨毯……
なんて言葉がピッタリの光景。
これはすごい。

神からもらった【安眠】スキルはどうやら領地経営に最適だったようです

聖獣とのんびり昼寝していただけなのに、
気付けばなんでも育つ最強領地に
なっていた

邑上主水

Illust.
東上文

目次

第1章　異世界安眠転生……4
第2章　快適な安眠生活を求めて……100
第3章　新たな仲間たちとの安眠生活……181
第4章　安眠生活はままならない……265

あとがき……368

第1章　異世界安眠転生

40代なんて遠い未来だし、きっとそれまでに仕事で成功して幸せな家庭を築いていて、会社の部下や子供たちに慕われ尊敬されるような人間になっているはずだった。

だけど、睡眠時間を削って働きまくり、気がつけば35歳。

気持ち的には若い頃となんら変わらないまま「あっさり死んでもいいよね」と思っていた年齢まであと5年。

今の状況は、想像していたものには到底及ばない。

独り身でマンションに一人暮らし。中間管理職にはなったが、給料より仕事ばかりが増える日々。

人生の目標が「成功する」から「ちょっと贅沢できるようになる」になって、最終的に「のんびりした生活を送る」にスケールダウンした。

だけど、全てをなげうって仕事をやってきたんだからそれくらい望んでもいいよね。

そう思っていたのに、どうやら僕はそれすらも叶わなかったらしい。

つまり――死んでしまった。

「……あまり驚かないのですね」

美しい白いドレスを着た女性が、少しだけ驚いたような声をあげる。

何もないだだっ広い空間。

そこにいるのは僕と、この女性のふたりだけ。

彼女は「女神アルテナ」と名乗った。

女神様曰く、どうやらここは、現世《うつしよ》と幽世《かくりよ》を隔てる境界らしい。

「もしくは混乱されている？」

「いえ、至って冷静に状況を理解しています。なにせ、たった今、僕の最期ってやつを見せてもらえたわけですし……」

動画形式というか、再現ドラマっぽく僕の最期を見せてくれた。

と言っても、特筆すべきものは何もなかったけどね。

まぁ、僕が置かれていた環境だって珍しいものではないと思うし。

やる気搾取で成り立っているＩＴブラック企業。

辞める辞めると思いつつ、辞めた後のことを考える気力も出ない。

ただ、流されるように馬車馬みたいに働く毎日。

数日会社に泊まり込みで仕事をやって、今日はなんとかぎりぎり終電で帰れると、ふらふらの足でホームに飛び込んだが、勢い余って線路に転落した。

そこに電車がやって来て――ジ・エンド。

その瞬間を見せてくれなかったのは、女神様の優しさなのかもしれない。

悲しいとか残念とか、そういう感情はわかなかった。

ただ、ようやく解放されたと、楽になった。

のんびりした生活を送ることはできなかったけど、あの世でのんびりできるなら、それはそれでいいのかもしれないし。

しかし、とその女神アルテナ様を見て思う。

着ているドレスはキラキラとしていて綺麗だし、髪の毛は可愛らしいピンク色で、触れてみたくなるくらいに艶やか。

目鼻立ちは人形かと思うくらいに整っていて、ずっと優しい笑顔を浮かべている。

それだけ見れば、紛うことなき完璧な女神様なのだが——心配になってしまうくらいに目の下に酷い隈《くま》ができている。

さらに肌はがさがさだし、軽く頬がこけている。

僕も生前は睡眠時間を削って仕事をしていたけど、ここまでは酷くなかった。

「あ、あの、大丈夫ですか、女神様?」

「何がでしょう?」

「その、だいぶお疲れのようなので」

「………………」

女神様、無言で笑顔。

怖い。

「臼井《うすい》響《ひびき》さん」

「は、はいっ」

突然名前を呼ばれて、ピシッと背筋を伸ばしてしまった。

「あなたは生前、仕事を辞めてのんびりした生活を送りたいと願っていましたよね？」

「え？　あ、はい。思っていました。叶うことはありませんでしたけど」

「今からその望みを叶えましょう」

「……えっ」

「なので、わたくしに協力していただけませんでしょうか？」

「きょ、協力？」

……って、何に？

少し嫌な予感。

「のんびりした生活を送れるよう、わたくしがあなたに特別な力を差し上げます。その代わりに、わたくし女神アルテナの化身となり、わたくしの代わりに良質な睡眠を取っていただきたいのです」

「良質な睡眠」

つい、胡乱《うろん》な目をしてしまった。

生前は仕事漬けになっていたけど、僕だって一端《いっぱし》の現代人だ。こういったシチュエーションは、創作物の中で見たことがある。

だけど、女神様からお願いされるのって、大抵「世界を救って」とか「魔王を倒して」とかそういう誉《ほま》れ高いものだよね？

良質な睡眠って何？

え？　もしかして女神様、睡眠不足なの？

「その通りなのです」

女神様は僕の心の中を読み取ったかのように深く頷いた。

「わたくしが作った世界フレンティアは多種多様な問題が山積みになっていて、寝る間もなく問題解決のために奔走しているのです……」

女神様曰く、異世界フレンティアは自然災害や戦争……はたまた世界を滅亡させようとする存在の誕生など、数多くの問題に見舞われているらしい。

「どうしてそんなに問題が山積みなんですか？　女神様が作った世界なのに」

「そこには触れないでくださいね。めっ」

笑顔で怒られた。

ごめんなさい。

「とにかく、わたくしの睡眠不足は深刻で、このままでは命の危機すらあり得るほどなのです」

「そ、それは深刻だ」

「ええ、それはもう。なので、誰かにわたくしの化身になってもらい、代わりに睡眠を取ってもらわなくてはいけないというわけです」

「なるほど……それで僕に白羽の矢が立ったんですね」

「その通りです」

女神様は首が折れるかと思うくらい、深く頷《うなず》く。

「あなたが良質な睡眠を取ることができれば、わたくしも元気を取り戻すことができるのです。なので、どうか助けてはいただけませんでしょうか？」

「あ、う……えと、わ、わかりました」

女神様の目が切羽詰まっているというか真に迫る感じで、つい気圧《けお》されて承諾してしまった。

でも、世界を救ってほしいとか危険なお願いじゃなさそうだし、のんびりできるなら別にいいよね？

うん。いい、いい。

「ありがとうございます。それでは早速ですが、異世界を快適に過ごせる準備を始めさせていただきます」

どうやら女神様は、僕に異世界で生きるための「特殊能力」と「若さ」を与えてくれるらしい。

若さっていうのも魅力的だけど、特殊能力っていうのも気になるな。

これって、いわゆるチート能力ってやつだよね？

その能力を使って悠々自適な異世界ライフ。

これは期待しちゃうな。

「そのまま目を閉じてください」

「は、はい」

ギュッと目を閉じる。

そのままドキドキしながらしばらく待っていたが、何も起きない。

あれ？　どうしたんだろう。

不思議に思って半目を開いてみると、女神様は白目を剥《む》いて、こくりこくりと船を漕《こ》いでいた。

「あ、あの、女神様？」

「……ふがっ⁉」

ハッと我に返る女神様。

その口の端には、少しだけ光るものが。

「もしかして、今、寝てました？」

「……いいえ」

にこりと微笑む女神様。

いやいや、絶対意識が飛んでたでしょ。

深刻な睡眠不足っていうのは本当みたいだな。

でも、大丈夫かな？

何か手違いが起きたりしないよね？

それからもう一度目を閉じると、体がポッと温かくなった。

「……準備が完了いたしました。それでは、わたくしが作った世界、フレンティアへと参りましょう」

女神様が呪文を唱え、僕と女神様の足元に巨大な魔法陣が現れる。

そして僕の視界は、光の中へと消えていった。

＊＊＊

どうやら僕は女神様の魔術であの世とこの世の狭間から転送されたらしい。

僕が送られたのは、だだっぴろい平原だった。

小高い丘の中腹辺りに立っていて、周囲に遮《さえぎ》るものがないからすごく遠くまで良く見える。

建物なんて何もなく、ぽつぽつと木が生えているだけ。

遠くに山が見えるけど、本当に何もない。

日本の都会じゃあまりお目にかかれない景色だ。

天気も良くて風も気持ちいい。

横になったらすぐに寝ちゃいそうだな。

「ヒビキ」

と、後ろから声がした。

振り向くと、あの目の下の隈が酷い女神様が立っていた。

「転生完了だよ。ほら、鏡見てみて？」

「え、あ、はい」

女神様に渡された鏡を覗き込む。

「わっ、これ……僕!?」

「そ。結構可愛いでしょ?」

年齢は10代前半……14、5歳くらいかな?

幼い顔に大きな目。

瞳の色は緑。

どこぞのアイドルか子役でテレビに出ててもおかしくないくらいに可愛い。

僕の子供の頃とは比べ物にならないレベルだけど、もしかして女神様の趣味とか?

「よし。それじゃあ、状況を説明するね」

女神様が意気揚々と続ける。

「ここは、100の島から構成されている島国『ゾアガルデ』ってところなんだけど、比較的安全なんだよね。すぐ近くにフラン村っていう小さな村もあるし、この島を拠点にして良質な睡眠をして頂戴?」

「あ、えっと……はい。わかりました」

とりあえず首肯《しゅこう》する。

ど、どうしよう。

子供の姿になったっていうのも驚きだけど、女神様の口調の変わりようにもびっくりなんだけど。

さっきのしとやかで厳かな雰囲気はどこへやら、なんだか急にガサツな感じになっちゃった。

もしかして、別人とか?

「あ。あたしの口調?」

僕の視線に気づいたのか、女神様が少し困った顔をする。

「こっちがあたしの素なんだよね。ほら、女神っていろいろと体裁があるじゃない？　女神たるものこうあるべきって上司がうるさくてさ。はぁ……ストレス溜まっちゃうよね」

はぁ～～～～っと重い溜息をつく女神様。

よくわからないけど、神様の世界にもいろいろあるんだな。

なんていうか……お疲れ様です。

「とりあえず、この世界で生活を始める前にヒビキがいた世界との違いをざっと説明するわね」

「は、はい。お願いします」

女神様はあくび交じりで、この世界についてざっと話してくれた。

異世界フレンティアは大きく５つの大陸からなる世界で、彼女、女神アルテナを信仰する「アルテナ神教」が広まっているらしい。

文明レベルでいえば、現実世界の中世レベル。

電気がない代わりに魔術が存在していて、危険なモンスターが徘徊しているのだとか。

そして、この世界ではまるでゲームのように自分の「ステータス」が見られるという。

試しに「ステータスオープン」と声に出してみると、目の前に半透明のウインドウが出てきた。

名前：ウスイ・ヒビキ

レベル：1
HP：50／50
MP2／2
攻撃力：5
防御力：4
所持重量：100
熟練度：片手剣／1
スキル：【安眠】【翻訳】
称号：【女神アルテナの化身】
状態：なし

なるほど。これが僕のステータスか。

ていうか――。

「……レベルは1なんですか？」

「そ。でも超絶すごいスキルを付与しといたから、それを使えばすぐに上がると思うよ」

スキル。このステータスの最後らへんに書いてあるやつか。

早速スキルを調べてみる。

情報を調べるには項目に触れるだけでいいらしい。

翻訳：異世界の言葉を理解し、読み書きができるようになる。
安眠：睡眠の質を数値化した「快眠度」によって、一定時間、様々な特殊効果が得られる。

ほうほう。これがスキルの能力ね。

【翻訳】スキルは、異世界で生活するには欠かせないスキルだね。

聞き取りできるだけじゃなくて、読み書きもできるようになるっていうのもありがたい。

そして【安眠】スキル。

寝れば寝るほどすごい特殊能力が得られるってことだよね？

女神様は僕に良質な睡眠を求めているわけだし、相乗効果が得られるようなスキルにしてくれたってわけか。

なんだかワクワクするスキルだな。

「……ん？」

だが、その【安眠】スキルの説明を読んで、ひとつだけ気になる部分を見つけてしまった。

「あの、女神様。この【安眠】スキルですけど」

「ああ、うん。結構すごいスキルを付与してあげたよ。ズバリ、良好な睡眠を取ると無限に強くなる。どう？　すごいっしょ？」

「あ、はい、能力的にはすごいですけど、この『快眠度』って何です？」

「……え？　快眠度？」

「睡眠の質を数値化したって書いてありますけど、どうやったら高い快眠度を出せるんですか？」

そこ、重要だよね。

現実世界だったら安眠グッズとかいろいろあるけど、この世界にはなさそうだし。

深い眠りなのか、それとも睡眠時間なのか。

スキルを作った女神様だったら、どこを重要視しているかわかっているはず。

――と、思ったんだけれど。

「………………」

女神様は、笑顔で目をパチパチと瞬《またた》かせている。

え？　何、その顔。

「……まぁ、そこらへんはおいおいね。細かいことは気にせず、とにかく一回寝てみてよ。ほら、ここって昼寝するには最高の環境じゃない？」

いやまぁ、確かに天気もいいし寝っ転がりたくなるような場所だけど、全然細かいことじゃない気がするんだけどなぁ。

などと考えていると、女神様に強引に座らせられた。

意外と力が強いんですね。

「じゃあ、あたしは行くから。一応、回復ポーションと護身用の剣を置いとくから、いざというときに使ってね。あ、それと、何かあったらいつでもあたしを呼んでいいから。気が向いたら行くし」

「気が向いたら」

「ホント、使えない上司の下で働くのってストレスだよね。じゃあ、またねヒビキ」

一方的に捲《まく》し立てた女神様は、呆然とする僕をよそにキラキラと光の粒に変わって消えていった。

だだっ広い平原に、一人残される僕。

そばには水色の液体が入った小瓶がふたつと、小さな剣。

この小瓶が回復ポーションってやつだろう。

剣は、まぁ……普通の剣だな。

女神様なんだし、超絶すごい聖剣みたいなの置いていけばいいのに。

というか、そんなことよりもいろいろと突っ込みたいところがあるけど、その「気が向いたら行く」って何ですか。

それって、あまり行きたくないときに返す「行けたら行くね」レベルの「行く」ですよね？

絶対来る気ないでしょ、それ。

それに、女神様ってば寝不足のせいで【安眠】スキル設定、忘れちゃってない？　快眠度のこと、絶対わかってなかったよね？

ううむ。この調子だと、【翻訳】のスキル設定もミスってないか心配になってきたな。

それにいきなり「昼寝しろ」なんて言われてもさ。

昼寝なんて、もう何年もやってないよ。

会社に泊まり込みで仕事することも多かったから椅子に座って仮眠を取るのは得意だけど、こんな場所で横になって寝るなんて無理だよ。

「……まぁ、一応横になってみるけど」

草の中に体を預けて地面に寝っ転がってみる。

あ、意外と気持ちいい。

ポカポカとした陽気に、心地良い風。

遠くから聞こえる小鳥のさえずりと、草を揺らす風の音。

こんな時間を過ごすなんて、いつぶりだろう。

ひょっとすると小学校以来とか、それくらい？

いや、もしかすると人生初体験で――。

＊＊＊

「……んがっ⁉」

誰かにつつかれているような気がして飛び起きた。

小さなリスのような動物が逃げているのが見える。

どうやらアレにつつかれていたらしい。

「だけど、すっかり寝ちゃってたみたいだなぁ、ふぁああ……」

《【安眠】スキルで特殊能力を得ました》

「……んわっ⁉」

びっくりして転んでしまった。

え？　何今の？

女性の声が聞こえたけど。

「安眠って言ってた気がするけど……あっ」

そうだ。

睡眠の質を数値化する【安眠】スキルの効果だ。

快眠度によって得られる能力が変わるって言ってたけど、今回の快眠度はどれくらいだったんだろう。

かなり気持ち良かったし、相当高いんじゃない？

《今回の快眠度は「3」です》

「………」

ん？　ん？

聞き間違いかな？

首をかしげていると、目の前にポップアップウインドウが出てきた。

《快眠度：3》

「……え⁉　3⁉　たった3なの⁉」

うわっ……僕の快眠度、低すぎ……？

《今回の睡眠で【取得経験値増加（微）】が発動しました。【空気が美味しくなる】が発動しました》

「……空気が美味しくなる？」

なんだそりゃ。

試しに深呼吸。

あ、本当に空気が美味い――ような気がする。

名前：ウスイ・ヒビキ
レベル：1
HP：50／50
MP2／2
攻撃力：5
防御力：4
所持重量：100
熟練度：片手剣／1

スキル：【安眠】【翻訳】
称号：【女神アルテナの化身】
状態：【取得経験値増加（微）】【空気が美味しくなる】

ああ、なるほど。

この状態ってところに【安眠】の効果が出るんだな。

そうか～、【取得経験値増加（微）】に【空気が美味しくなる】ね……。

「……いや、ちょっと待って⁉　残念すぎる効果なんですけど⁉　ちょっと女神様ぁ⁉　どういうことですかっ⁉　説明してくださいっ！」

空に向かって叫んでみたが、虚しく響くだけ。

誰も現れる気配はない。本当に気が向いたらなんだな。

ううむ。どうしよう。

効果が微妙なのは、快眠度が低いからなのかな？

だとすると、どうにかして上げたいところだけど、どうやって快眠度って上げればいいんだろう？

さっきの昼寝、かなり気持ち良かったんだけどな。

やっぱり地面で寝たのがまずかったのかな。

「……まぁいいや。とりあえず近くにあるっていうフラン村に行って、ベッドで寝てみよう」

ここにずっといるわけにもいかないしね。

【翻訳】スキルがあれば現地人ともコミュニケーションは取れそうだし、生活の拠点にできそうな場所を探そう。

＊＊＊

しばらく当てもなく歩いていると、整備された道があった。

整備といっても現代みたいにアスファルト舗装されているというわけじゃなく、草が生えてなくてなんとなく綺麗になっている程度だけど。

それでも草むらよりはいくらか歩きやすく、全く疲労を感じない。

これも若返った恩恵かな？

前は駅の階段を上っただけで息切れしてたからなぁ。

などと考えながらのんびり歩いていると、道の脇に立て札があった。

「……お、立て札だ」

左右に矢印と一緒に何か名前が書かれている。

「……ふむふむ。フラン村か」

女神様が言ってたのはこれだな。

ここから数キロってところか。

というか、立て札に書かれていたのは見たこともない文字だったけど、なぜかスラスラと読めた。

多分、【翻訳】スキルのおかげだよね。

この感じなら、村にいる人たちとも問題なくコミュニケーションが取れそうだ。

というわけで、立て札通りに進んでみることにした。

道に並行して綺麗な小川が流れている。

せせらぎを聞きながらウォーキング。

天気も最高だし、気持ちがいいなぁ。

なんて思っていたら、いつの間にか鬱蒼《うっそう》とした森の中に入っていた。

「……あれ？」

だけど、道は真っ直ぐ続いている。

この森を突っ切っていく必要があるらしい。

ちょっと怖いな。

危険な動物とか出てきそうだし――。

「う、うわっ⁉」

突然、近くの茂みがガサガサと音をたてた。

咄嗟《とっさ》に身構える。

と言っても、戦う術《すべ》は持ち合わせていないんだけど。

レベルはまだ1だし。
というか、今のは何だったんだ？
茂みの中に何かいるんだろうか。
「……ん？　何だあれ？」
じっと目をこらして茂みの中を見ていると、チラチラと白い塊が見えた。
あれは……毛？
白い毛か？
恐る恐る近づいて茂みをかき分けてみると、やっぱり白い毛があった。
いや、白い毛というより、白いモフモフの塊。
「……子犬？」
それはまぎれもない子犬だった。
ふわっとした毛並みに、つぶらな瞳。
少しだけタレ目なのも可愛い。
どこかで見たことがあるなと思ったけど、これはあれだ。
ロシアとかで飼われているサモエドとかいう犬種。
サモエドの子犬は見てはいけないと聞いたことがある。
なんでも、可愛すぎて持って帰りたくなる衝動に駆られるとか。
なんて恐ろしい呪いだろう。

そして、どうやら僕もその呪いにかかってしまったらしい。

「……ん～、可愛いでちゅねぇ」

全く逃げようともせずにじっとしているもんだから、赤ちゃん言葉で撫で回してしまった。

モフモフ。

モフモフモフ。

気持ち良すぎる。

だけど、どうしてこんなところに子犬が？

「……あっ」

よく見ると左足の毛が真っ赤になっていた。

どうやら怪我をしているらしい。

なるほど。それで動けなくなっていたわけか。

ううむ。でも、どうしよう。この世界に動物病院なんてないだろうしな。

僕が回復魔術でも使えたらよかったんだけど――。

「……あ、そうだ。女神様からポーションを貰っていたんだっけ」

腰のポーチの中から小瓶を取り出す。

どうやって使えばいいのかわからないけど、とりあえず傷口にふりかけてみた。

そして待つこと1分ほど。

みるみるうちに、子犬の傷が消えていった。

「……助かったぞ、人間」

「うわっ⁉」

いきなり話しかけられて尻もちをついてしまった。

どこかに人間がいるのかと思ったけど、周りには誰もいない。

「しゃ、しゃべった⁉　もしかして、この子犬がしゃべったの⁉」

「む？　お前、吾輩の言葉がわかるのか？」

「う、うん。わかるみたいだけど……」

この子犬さんが僕にわかる言葉で話しているというわけじゃなさそうだ。

ということは……【翻訳】スキル？

もしかして【翻訳】って、人間以外にも効果があるの？

何それ、すごい。

「しかし、お前からは妙なニオイがするな」

「え、妙なニオイ？」

って何だろう。

転移前は徹夜で仕事してたからお風呂に入ってなかったけど、今は全然違う体になっちゃってるしな。

「おお、わかったぞ。これは懐かしい御方のニオイだ。そうか。お前……アルテナ様の化身か」

なんだか嬉しそうに尻尾をパタパタと振り始める。

アルテナ……って、あの女神様のことだよね？

もしかして、この子犬さん、女神様の関係者？

「よろしい。では、お前を吾輩の下僕《げぼく》として認めようではないか」

「いきなり上から目線だね」

何を言い出すんだろう、この子犬さん。

「ていうか、親の元に帰りな？　キミはまだ子犬なんだし」

「子犬ではない。吾輩は聖獣バロンだ」

むっとした顔をする子犬さん。

そんな顔も可愛い。

「それに吾輩に親などおらぬ」

「そ、そうなんだ……ごめん」

「同情するなら、吾輩を連れてけ」

「…………」

ああ、わかった。主人として認めるとかなんとか言ってたけど、単純に連れていってほしかったんだな。

しかし、異世界に来ていきなりペットっていうのもちょっとね。

でも、可愛いしな。

モフモフだし。

一緒に寝たら気持ち良さそうだし。

「……わかった。一緒に行こう」

「ほんとうか！」

子犬さんは「ワフッ」と嬉しそうに鳴いたかと思うと、尻尾をブンブン振り始める。

ああもう、可愛いっ！

「ところで人間。お前、名前は何という？」

「僕？　ヒビキだよ」

「ヒビキか。覚えておこう」

「そういうキミは？」

「名前などない。好きに呼べ」

と言いつつ、キラキラとした目を向けられる。

なんだか期待されている気がするな。

「う、う～ん、バロンって呼ぶのも安直だし……そうだ。白とバロンを合わせてシロンっていうのはどうかな？」

「もう少しかっこいい名前にしてほしい」

くぅ～んと悲しそうな声。

要望がきたよ。

好きに呼べって言ったのに。

子犬さんってば「夕食は何でもいい」って言いながらラーメン屋に連れていかれたら「いや、ラーメンはちょっと……」って言うタイプ？

モテないよ。そういう人。

まぁ、一応考えてはみるけどさ。

「かっこいい名前かぁ。じゃあ、ルナティック・インフェルノ・アビス・オランタムとかどう？かっこよくて強そうじゃない？」

「………」

ちぎれんばかりに揺れていた子犬さんの尻尾がぴたりと止まる。

「どうやらセンスが品切れのようだな。シロンでよい」

ちょっと待って。

センスが品切れって何？

ジャストアイデアだけど、我ながらかっこいい名前が出てきたと思ったのに。

「……まぁいいや。これから近くにあるフラン村ってとこに行くんだけど、一緒に行こうか、シロン」

「承知した」

ということで、モフモフ子犬改め、シロンと一緒にフラン村へと向かうことになった。

＊＊＊

シロンと出会った森を出て、歩くこと30分ほど。

森を出ると、それまで穏やかだった景色から、なんとも壮観な風景に一変した。

美しい斜線が伸びる渓谷が連なっていて、遠くの山々まで綺麗に見える。

「うわぁ……すごい景色だね」

「うむ。ここはこの島の中央部に位置する、フランマ高地という場所だ」

「へぇ、そうなんだ。シロンって物知りなんだね」

「そうでもない」

などと返してくるが、まんざらでもなさそうに尻尾がパッタパッタと揺れているのがわかった。

ちなみに、今、シロンは僕の頭の上に乗っている。

初めは一緒に歩いていたんだけど、「疲れた」と言って僕の頭の上によじ登ってきたのだ。

シロンは子犬サイズだけど、子供の僕が頭に乗せるのは少々辛いものがある。

だけど、シロンからいい匂いがするし、モフモフして気持ちがいいからそのままにしているんだよね。

「ところでシロンってば、どうしてあの森で怪我をしてたの？」

「ふむ、あの怪我か？　実は少しばかり複雑な事情があってな……」

「え？　複雑な事情？」

って何だろう？

もしかして、女神様が言ってた「この世界に起きてる問題」ってのに関係しているとか？

シロンって女神様の関係者っぽいし、何かすごい事件に巻き込まれているのかもしれない。

――と、思ったんだけど。

「小腹が空いていたときに美味しそうなイチジクの実を発見してな。ひとつ拝借しようと木の上に登ろうとして落ちてしまったのだ」

「うわぁ！　清々しいまでに単純！」

世界の問題とは無関係でした！

てか、子犬なのに木に登ろうとしないで！　危ないから！

そんなことを話しながら、フランマ高地をさらに歩く。

丘を越えると、遠くに風車が見えた。

「……目的の村はあそこか？　ヒビキ？」

「うん、着いたみたいだね。フラン村だ」

山の穏やかな渓谷部分が切り開かれ、家屋と大きな風車がいくつも建てられている。

こういう場所って風が吹くから、風車を回して小麦をすり潰しているのかもしれないな。

てことは、フラン村は農業中心なのかな？

何はともあれ、村の中に入ってみよう。

「……おや、可愛い旅の方だね」

村に入ってすぐ、民族衣装っぽい服装のおばさんが声をかけてきた。

異世界での第１村人発見ってやつだ。

なんだか緊張するな。

「こ、こんにちは」

「はい、こんにちは。フフ、頭に子犬を乗せちゃって。お友達なのかい？」

「は、はい。そこの森で拾いまして」

「待て。吾輩がヒビキを拾ったのだ」

頭の上から主張するシロンだったが、おばさんには言葉が通じないらしく「何か言ってるねぇ」と微笑まれただけだった。

しかし、優しそうなおばさんだな。

この人にになら、いろいろ尋ねてもよさそうだ。

「あの、しばらくこの村に滞在したいと思っているんですが」

「あら、そうかい。だったらこの先に宿屋があるよ」

おばさんが村のメインストリートっぽい道を指さす。

道を真っ直ぐ進んだ辺りに広場があって、その周りに看板を掲げたお店がいくつかあった。

旅人を相手にしているお店かもしれない。

宿屋もあるくらいだし、結構この村を訪れる人は多いのかな？

しかし、宿屋か。

そこならベッドがありそうだけど、どうやって泊まろう。

女神様にスキルとアイテムは貰ったけど、よく考えると一文無しなんだよな。

「あの、いきなりこんなことをお尋ねするもの何なんですが、この村に仕事ってありますかね？」

「え？　仕事？」

「はい。ちょっとお金がなくて……」

「ああ、そういうことかい。宿屋の隣に冒険者ギルドがあるから、そこで仕事を貰うといいよ」

「冒険者……ギルド？」

「そうさ。日雇いの仕事を斡旋してくれるよ」

日雇いのバイトというわけじゃなさそうだけど、村で困っている人や仕事をお願いしたい人との間を取り持っているのが冒険者ギルドらしい。

「最近はめっきり仕事が減っちゃったけど、簡単な仕事ならあると思うよ」

「そうなんですね」

むしろ簡単な仕事のほうがありがたいな。

異世界に来ても仕事漬けなんて絶対に嫌だしね。

というわけでおばさんにお礼を言って、ひとまずその冒険者ギルドに向かうことにした。

遠目には見えていたけれど、村の広場にはいろいろなお店があるようだ。

シロンに使ったポーションのイラストが入った看板のお店。あれはポーション屋だな。

剣と盾が描かれた看板のお店には、鍛冶屋と書かれている。

他にも宿屋や雑貨屋があって、その隣にお金のマークが入っている看板のお店があった。

ここが冒険者ギルドらしい。

早速店内に入ってみたけれど、意外と閑散としていた。

ぽつぽつと椅子に座っている人がいるくらい。

冒険者ギルドって、こんな寂しいところだったの？

まぁ、仕事をくれるなら何でもいいんだけどさ。

何はともあれ、受付カウンターに向かう。

「いらっしゃい」

そこに立っていたのは、20代前半くらいの若い女性だった。

さっきのおばさんと同じく、民族衣装に身を包んでいる。

もしかして、この服がフラン村の普段着なのかな？

白を基調とした服で、アクセントで赤い生地と細かい刺繍がほどこされている。どこかアジアっぽい雰囲気があってオシャレだ。

「……あら、初めて見る顔ね？」

「こ、こんにちは。つい先程フラン村に来て仕事を探しているんですが、こちらで紹介していただけるんですよね？」

「もちろん紹介できるわ。だけど……大丈夫？」

「え？」

「見たところ、まだ成人していないみたいだけど？」

「ね、年齢制限があるんですか？」

「そういうのはないわ。だけど、依頼には危険なものも多いわよ？」

受付嬢さん曰く、依頼の中には凶暴なモンスターを討伐するなんてものもあるらしい。

「もし大怪我を負ってもギルドは責任を取れないから、そのつもりでね？」

「わ、わかりました……でも、とりあえず簡単な仕事からお願いできればと思うのですが……」

「簡単なものね。ちょっと待ってね。ええっと……これなんてどうかしら？」

受付嬢さんがカウンターの上に乗せたのは、薬草採取と書かれた依頼書。

「フラン村の診療所からの依頼ね。村の南にある河川地域に群生しているジランガとキャラウィクという薬草の採取よ」

どちらも薬として使えるものらしい。

薬草採取か。

モンスター退治は無理だけど、それくらいだったらいけそうだな。

「それでお願いします」

「オッケー。じゃあ、ここに名前を書いてもらって……あとは受注料として銅貨１枚をいただくわね」

「え？　お金がかかるんですか？」

「依頼を達成したときに返すから安心して」

受付嬢さん曰く、受注料を取るのは受けた依頼を放置させないためなんだとか。

なんでも依頼に失敗したのに報告するのが恥ずかしくて、そのままフェードアウトしちゃう人がいるみたい。

「失敗しても別にペナルティはないから、無理だと思ったらすぐに報告してね」

「わ、わかりました。ですが、すみません……ちょっと手持ちがなくて」

「……え？　お金、ないの？」

ぎょっとした顔をする受付嬢さん。

「う〜ん、困ったなぁ。でもまぁ……見たところ、嫌がらせってわけでもなさそうだし、いいわ。今回はあたしが貸したげる」

「本当ですか⁉　ありがとうございます！」

あのおばさんといい、この村の人たちっていい人だらけじゃないか。

「じゃあ、よろしくお願いね」

依頼書に「受注」のスタンプを押し、複製した依頼書をくれた。

採取する薬草の特徴や生えている場所はこの依頼書に書かれているし、これを見ながらやれば簡単に見つかりそうだ。

「あ、そうそう」

ギルドを出ようと思ったとき、受付嬢さんが再び声をかけてきた。

「フラン村は初めてみたいだから一応警告しとくけど、ここ最近、有害な毒の霧が発生することがあるから注意してね」

「毒霧……はい。わかりました。ありがとうございます」

心に留めておこう。

でも、毒か。

ちょっと怖いな。

「安心しろヒビキ」

頭の上からシロン。

「吾輩は鼻が利く。空気中に毒素を感じたら、すぐに知らせてやる」

「え？　ほんと？　助かるな」

そっか。シロンは犬だから僕より鼻が利くんだ。

一緒に来て正解だったな。

そうして僕たちは、冒険者ギルドを後にして薬草採取へと出発した。

＊＊＊

村を出た僕とシロンは、依頼書を頼りに道沿いを南下することにした。

依頼書の裏には小さな地図もついていて、目的地まで歩いて10分ほどで到着できそうな距離っぽい。

村の外に出たけれど、受付嬢さんが教えてくれた毒霧も発生してなさそうだし、モンスターもいない。

天気もいいし、気持ちがいい。
このまま簡単に薬草採取できちゃったら嬉しいんだけどな。
モンスターと戦闘なんて、できれば避けたいところ。
でも、レベルを上げるにはモンスターと戦わないといけないのかな？
そういえば【取得経験値増加】のバフ効果ってどうなったんだろう？

名前：ウスイ・ヒビキ
レベル：1
HP：50／50
MP2／2
攻撃力：5
防御力：4
所持重量：100
熟練度：片手剣／1
スキル：【安眠】【翻訳】
称号：【女神アルテナの化身】
状態：なし

前は状態ってところに効果が表示されていたけど、今は何もない。

てことは、効果が切れてるってことだよね。

【空気が美味しくなる】はいらないけど【取得経験値増加（微）】はあったほうがいい、のかな？

「ううむ。村に到着したその足で依頼を受けちゃったけど、ちょっと休憩しようかな」

「休憩？」

シロンが頭の上から僕の顔を覗き込む。

「うん。ちょっとお昼寝しようかなって。この世界に来るときに【安眠】スキルっていうのを貰ったんだ」

「ほう？　どんなスキルなのだ？」

シロンに、簡単に【安眠】スキルのことを説明する。

「……なるほど。睡眠の質によって特殊能力が得られるわけだな」

「そうなんだ。だけどその『快眠度』っていう数値の上げ方がわからなくてさ」

「ふむ。だったら吾輩を使って寝てみるがよい」

「……え？　シロンを使う？」

「吾輩の毛並みは高級羽毛に匹敵すると自負しておる。快眠安眠間違いなしだ」

「高級羽毛……」

ごくりと息を呑んでしまった。

確かにシロンをモフモフしながら寝たらすんごい気持ち良さそうだけど、そういうことで快眠度って上がるの？

だけどまぁ、物は試しだ。

依頼に時間制限はないみたいだし、ゆっくりやろう。

木陰に腰を下ろして、頭の上のシロンを抱きかかえてみる。

「……あ、これはやばい」

ふかふかしてめちゃくちゃ気持ちいい。

それに甘い香りがする。

これは安眠できそうな気がするなぁ。

「じゃあ、失礼して」

「うむ」

抱きかかえたまま横になり、モフッと顔を埋める。

すごくいい香りが胸の中に広がる。

ああ、何だろうこれ。

お香みたいというか。

すごく落ち着くし、なんだか気持ち良くて――。

＊＊＊

「おい、ヒビキ」

「……んがっ？」

突然起こされ、寝ぼけ眼《まなこ》で胸元を見ると白い塊がこちらを見ていた。

シロンだ。

「そろそろ起きたほうがいいのではないか？」

「うわっ……いつの間にか寝ちゃってたよ」

シロンを吸ったところまでは覚えてるけど。

全然疲れている感じはしなかったんだけど、疲労が溜まってたのかな？

子供の体で結構歩いたし、自覚できない疲労があって――。

《今回の快眠度は「90」です》

「……えっ」

無機質な女性の声が聞こえた。

快眠度のアナウンスだ。

でも、今……快眠度90って言わなかった？

聞き間違いかなと思っていたけれど、ポップアップで「快眠度：90」の文字が出てきた。

うわ、すご。

確か前回が「3」だったよね？

環境的には前の昼寝と変わっていないけど、爆上がりしたのはシロンのおかげなのかな？

《今回の睡眠で【打撃耐性（半減）】【水属性耐性（半減）】【浄化（小）】【最大HP上昇（小）】【取得経験値増加（中）】【ストレス耐性】が発動しました》

「……おお、すごい！　いろいろ効果が発動したぞ!?」

ステータス画面の「状態」に表示されている効果を見てみる。

文字に触れると説明が表示された。

打撃耐性（半減）：打撃攻撃に対して耐性がつく。ダメージ半減。
水属性耐性（半減）：水属性攻撃に対して耐性がつく。ダメージ半減。
浄化（小）：対象から初級レベルの毒素、病を除去する。
最大HP上昇（小）：HPの最大値がわずかに上昇する。
取得経験値増加（中）：取得経験値が100倍になる。
ストレス耐性：嫌なことがあっても気分が落ち込まない。

「…………」

軽く呆れてしまった。

快眠度90の効果……強すぎませんか？

いろいろなダメージが半減してるし、毒素除去もできてる。

おまけに、この取得経験値100倍ってやばすぎない？

このストレス耐性ってのも——。

「……これは、まぁ、うん。リーマン時代に欲しかったかな？」

快眠度3のときも、空気が美味しくなるみたいな効果が発動してたし、そういうのがおまけでついてくるのかな？

正直、いらないんですけど。

「どうやら吾輩のおかげのようだな」

ワフン、と鼻を鳴らすシロン。

「吾輩の毛並みは素晴らしいだろう？」

「みたいだね」

相当気持ち良かったもん。

「それと、吾輩は【効果持続】と【広域化】というスキルを持っている。一緒に寝るとその効果が発動するから覚えておくといいだろう」

【効果持続】というのは、対象が持つスキルの効果継続時間を伸ばす能力で、【広域化】というのは、対象のスキル効果を周囲に作用させる能力らしい。

ちゃっかりすごい能力を持ってたのね。シロンってば。

「てことは、【安眠】スキルの効果も伸びてるってことだよね？」

「そうなるな。どれくらい伸びているのかはわからんが」

「へぇ！　快眠度も上がって効果も強化されるなんて……シロンってめちゃくちゃすごい聖獣だったんだね！」

「フフ、そうであろう？　吾輩への感謝の印は、高級羊肉でいいぞ」

「うん、ちゃんとお礼はする――って、え？　高級羊肉？」

謝礼を求めてくるのは百歩譲っていいとして、めちゃくちゃお金がかかりそうなヤツを要望してきたよ。

シロンって褒めると図に乗るタイプだったのね。

それもちゃんと覚えておかなくちゃ……。

＊＊＊

「……ううむ、どうしよう」

しばらく歩いていると大きな川に到着し、周囲に目的の薬草らしきものを発見したんだけど、大きな問題が発生していた。

プヨプヨと跳ねている水色の塊がたくさんいたのだ。

シロンが言うには、あれはスライムというモンスターらしい。

近づかなければ襲ってくることはないみたいなんだけど、薬草の近くに大量にいるから、絶対襲われるよね？

「うむ。間違いなく襲われるだろうな」

頭の上のシロンがあっさりと肯定する。

「だよね……モンスターとか、怖いな」

「安心しろヒビキ。スライムはこの世界で最弱のモンスターだ。吾輩でも勝てる」

「ほんと？　シロンでも勝てるなら余裕な気がしてきた」

「そうか。だが、吾輩でも勝てるという言葉でそこまで自信を持たれるのは、ちょっとだけ複雑な気分になるぞ」

「よし、いくぞっ！」

女神様に貰った剣を抜いて、スライムに近づいていく。

しかし、近くで見ると可愛いな。

プヨプヨしてるし。

ううむ、依頼のためとはいえ、こんな生き物を倒さなきゃいけないなんて気が引けるなぁ。

「……ん？」

なんて考えていた矢先だった。

1匹のスライムが、突然こちらに向かって猛ダッシュしてきた。

「うわっ!?　すっごいプヨプヨしてる!?」

高速プヨプヨでダッシュしてきたスライムは目前でボヨンと跳ねたかと思うと、上空から体当たりをしてきた。

あんな速さで体当たりされたらめちゃくちゃ痛いのでは、と思ったんだけど――。

「……あれ？　全然痛くない」

スライムは僕の背中にぶつかった後、そばにポトッと落ちた。

しばしの沈黙。

スライムも「あれ？」って思ってるのか、僕のそばでぷよぷよと揺れている。

「ど、どういうこと？」

「吾輩が推測するに、打撃攻撃なのでダメージを半減したのではないか？」

「……あ」

そういえば、【安眠】スキルでそんな能力が発動してたっけ。

すごい。はっきり言って、無敵じゃないか。

「よし、今度はこっちからいくよ、スライム！」

お返しに思いっきり剣を振り下ろした。

ブヨンとスライムの体に剣がめりこんだかと思った瞬間、パンと破裂した。

おお。一発で倒せたぞ。

さすがは最弱モンスター。レベル1の僕でも余裕だな。

《レベルアップしました》

お、レベルも上がったみたいだな。

これで少しは強くなったかも。

ちょっとステータスを見て、強くなったか確認を――。
《レベルアップしました》
再び同じアナウンス。
《レベルアップしました》
《レベルアップしました》
《レベルアップしました……》
ちょちょちょ!?
何!?　何!?　もしかして壊れちゃった!?
しばらく慌てふためいてしまったけど、レベルアップのアナウンスは10回ほどで終わった。
ああ、良かった。
壊れたわけじゃなかったんだね。
じゃあ、ステータスを見てみよう。

名前：ウスイ・ヒビキ
レベル：10
HP：250／250
MP22／22

攻撃力：15
防御力：14
所持重量：１３０
熟練度：片手剣／10
スキル：【安眠】【翻訳】【スラッシュブレイド】
魔術：【ファイアボール】
称号：【女神アルテナの化身】
状態：【打撃耐性（半減）】【水属性耐性（半減）】【浄化（小）】【最大ＨＰ上昇（小）】【取得経験値増加（中）】【ストレス耐性】

ああ、そっか。
スライムを倒してレベルが10に上がったのね。
だから何度もレベルアップのアナウンスが――。
「って、ちょっと待って⁉　スライム１匹でレベル10に上がったの⁉」
え？　え？
何でそんなに経験値が貰えたわけ？
スライムって、最弱モンスターじゃなかったっけ？

しかも片手剣の熟練度も上がってスキルがひとつ増えてるし。

おまけに魔術もなんか覚えちゃってるし！

「ほう、レベルが10に上がったか」

ワフンとシロンが吠える。

「それも【安眠】スキルの効果だな」

「……あっ、取得経験値増加ってやつか！」

「うむ。きっとそうであろう」

確か取得経験値が１００倍だったっけ。

あはは。１００倍になってたら、そりゃあ10レベルくらい上がるよね。

笑い事じゃないけど。

というか、快眠度90でコレってことは、もっと気持ち良く寝られればさらにすごい効果が得られるってことだよね？

一体どんな効果が出てくるのか、今から楽しみだ。

「よし。とりあえず手当たり次第にスライム倒して、薬草を採取しよう」

「そうだな。早く村に戻って羊肉を食べねば」

わっさわっさと尻尾が揺れているのがわかった。

ちょっと待って？

僕、そんな約束してませんけど？

＊＊＊

薬草採取の依頼は10分ほどで終わった。

どうやらあの川付近がジランガとキャラウィクの群生地らしく、探す必要もなく手に入れることができた。

あんなにたくさん生えているのに、どうしてわざわざ依頼してるんだろうと不思議に思ったけど、モンスターがいるせいなのかな？

結局、あの後スライムを10匹ほど倒すことになった。

【打撃耐性】のおかげで、いくら攻撃を受けても痛くなくて、むしろひんやりとして気持ち良かったので好きなだけ殴らせて疲れたところを剣でエイと倒して終わりだった。

それで、最終的な僕のステータスだけど――。

名前：ウスイ・ヒビキ
レベル：25
HP：980／980
MP：55／55

攻撃力：32
防御力：29
所持重量：150
熟練度：片手剣／25
スキル：【安眠】【翻訳】【スラッシュブレイド】【ポイズンゲイル】
魔術：【ファイアボール】【アクアボール】
称号：【女神アルテナの化身】
状態：【打撃耐性（半減）】【水属性耐性（半減）】【浄化（小）】【最大ＨＰ上昇（小）】【取得経験値増加（中）】【ストレス耐性】

はい。レベルが25まで上がりました。

最初の依頼でレベルが1から25まで上がっちゃったんだけど、こんなに楽していいんだろうか……。

「あら、おかえり」

ギルドに帰ってきた僕を見るなり、受付嬢さんが少し残念そうな顔をした。

「初めての依頼だから、ちょっと難しかったかしら？」

「え？」

「あれ？　モンスターがいたから帰ってきたんじゃないの？」

ああ、なるほど。

あまりに戻ってくるのが早かったから、失敗したと思ったんだな。

「そんなことはないですよ。ちゃんと依頼された薬草は採ってきました」

「え？　ほんとに？　こんな短時間で？　モンスターは？」

「スライムがいっぱいいいましたけど、倒せました」

「………………」

目をパチパチと瞬かせる受付嬢さん。

「……お、驚いた。ヒビキちゃんってば見かけによらず強いのね」

「い、いえ、それほどでも……」

というか、ヒビキちゃんって。

まぁ、この人からすれば、ちゃん呼びするくらいの年齢差があるのかな？

「ところで瘴気《しょうき》は大丈夫だった？」

僕から受け取った薬草を数えながら、受付嬢さんが尋ねてきた。

瘴気？

何のことだろう？

「出発前に話した毒素のことよ。ついさっき、ヒビキちゃんが向かった河川地域に発生していたって情報が入ってきたの」

「そうだったんですね。でも、特に何もありませんでしたよ」

「……あら、そう？」

確か人体に有害だとか言ってたっけ。

でも、特に体に異変はなかった。

「オッケー、確かに依頼通りの薬草を受け取ったわ。はい、これが今日の報酬ね」

「ありがとうございます」

受け取ったのは、銅貨４枚。

これは多いんだろうか、少ないんだろうか。

「このお金の価値ってどれくらいなんですか？」

「……あ、もしかしてゾアガルデに来るのも初めてなの？」

「実はそうなんです。お金の価値もわからなくて」

「ウチの隣にある宿に１泊するのに必要なのが銅貨２枚。食事はだいたい１食で銅貨１枚くらいね」

「……なるほど。食事を抜けば２泊できるのか」

「あはは、そんなに切り詰めなくていいわよ。今回の薬草採取レベルの仕事はたくさんあるから」

そう言って受付嬢さんが大量の依頼書をカウンターに乗せる。

こりゃすごいな。

報酬額が大きい依頼は減っているけど、こういう依頼はたくさんあるのか。

これならしばらく仕事には困らなさそうだ。

「ありがとうございます。とりあえず今日は宿でゆっくりして、また明日仕事を貰いに来ます」

「オッケー。それじゃあ、また明日ね」

初めての依頼だし、今日は無理せずこれくらいにしておこう。

シロンが「吾輩の高級羊肉は？」と尋ねてきたので「お金が貯まったらね」と返しておいた。

そう簡単に高級肉が食べられるわけないでしょ。

今日は普通の肉でかんべんしてよ。

＊＊＊

窓の外を見るとすっかり夜になっていた。

宿屋に借りた部屋は、ギルドの受付嬢さんが教えてくれた通り、1泊で銅貨2枚だった。

あまり広い部屋とはいえなかったけど、ベッドはしっかりしているし地面で寝るより快眠度が得られるに違いない。

シロンは一足先にベッドで丸くなっている。

高級羊肉を食べたいとうるさいので酒場で豚の丸焼きをあげたんだけど、それはそれは美味しそうに食べていた。

きっといい夢を見ているに違いない。

それじゃあ、シロンを抱きまくらにして寝ようかな――と思ったんだけど、その前にやっておきたいことがあった。

「女神様……僕の声が聞こえていましたら、来ていただけませんでしょうか」

いらないかもしれないけど、今日の報告とかしておきたいんだよね。

神に祈るように手を組んでしばらく待っていると、ポウッと天井が明るくなった。

光の魔法陣が現れ、やがて女性が姿を見せる。

女神アルテナ様だ。

「……私を呼びましたか、ヒビキ」

女神様の美しい声が部屋に響く。

どうやら気が向いたらしい。

しかし、女神様は相変わらずだな。

綺麗なドレスに絹のように美しい髪。

目の下の隈がなければ、まごうことなき美しい女神様。

——と、思ったのだけど。

「……あれ？　それ、何ですか？」

「ん？　これ？　焼酎ハイボールだけど？」

女神様は、現代日本人にすんごく馴染みのある缶チューハイを持っていた。

ほら、あれだ。

人をだめにする、すんごくアルコール度数が高いヤツ。

「飲まなきゃやってられないっていうかさ。アルコールに頼らないと生きていけないっていうか」

「……さいですか」

これ以上は何も問うまい。

だけど、これだけは言わせてほしい。

この人は女神じゃない。

駄女神《だめがみ》だ。

「だけどヒビキ、あんたのおかげでかなり楽になったわよ」

「……え？　楽？」

「そ。少しだけ寝不足が解消された気がする。ほら見て、目の下の隈」

言われてじっと見てみたけど、あまり変わった気はしない。

でも、本人が良くなったって言うんだから、きっとそうなのだろう。

睡眠の質によって駄女神様の睡眠不足が解消されるのなら、そこそこ力になれたんじゃないかな。

「ちなみに昼寝の快眠度はいくつだったの？」

「1回目は3だったんですけど、2回目は90でした」

「かっ、快眠度90⁉」

ぶほっとハイボールを噴き出す駄女神様。

汚い。

そんな姿を信者の人が見たら、一発で信者やめると思いますよ。

「初日から快眠度90を出すなんて驚きだわ。なかなか有望じゃないの」

「全部シロンのおかげですよ」

「シロン？　何それ？」

「森で助けた白い子犬の聖獣ですよ」

ベッドで丸くなっている白い毛の塊を見る。

「……あら、聖獣バロンじゃない。この子、この見た目で成獣なのよ？」

「えっ⁉　この見た目で成獣なんですか⁉」

子供の見た目で中身は大人って、頭脳は大人の名探偵――じゃなくて、僕と一緒じゃないか。

「バロンってあたしの眷属《けんぞく》でさ。主の能力を強化するって力があるんだよね」

「へぇ、そうなんですね」

というか、シロンって駄女神様の親戚だったんだな。

どうりですごい力が使えるわけだ。

「てか、この子どうしたの？」

「フラン村に来る途中で通った森にいたんですよ。怪我をしていて助けたら、一緒に行こうって」

「へぇ……そっか。あの森にいたんだね」

納得したと言いたげに、ウンウンとうなずく駄女神様。

「……ま、あたしはあの森にバロンがいることを想定して、ヒビキに【安眠】スキルを与えたんだけどね⁉」

そしてこのドヤ顔である。

ウソつけ。

絶対、ただの偶然だろ。

というか、シロンは駄女神様の親戚なんだよね？

なのに居場所を知らなかったたって、結構ヤバいこと言ってません？

「とにかく、この調子で頼むよヒビキ。あたしの寝不足……ひいては、この世界の命運があんたの肩にかかってるんだからね」

「缶チューハイ片手に、ほろ酔い顔で言うセリフじゃないと思います」

スト◯ングゼロじゃなくて、ありがたみゼロだよ。

全く、本当にこの人は。

だけどまぁ、駄女神様の力になってるのなら、この調子で良い睡眠を取りましょうかね。

＊＊＊

フラン村に来て１週間。

村の宿屋を拠点に、ギルドで仕事を受けながらのんびりと生活をしていた。

受けているのは主に採取系の依頼だ。

薬草をはじめ、錬金で使う木の実や昆虫、植物……たまにモンスターの死骸集めなんてものもあった。

報酬はだいたい銅貨6枚くらいなんだけど、1日に必要なお金が銅貨5枚くらいなので、1日1枚貯金できている。

本当はもっと報酬がおいしい依頼を受けたいんだけど、どうやら実績を積んで「冒険者ランク」というものを上げる必要があるらしい。

とはいえ、冒険者をやるためにこの世界に来たわけじゃないので、僕の目下の目的は「快眠度上げ」だった。

シロンのおかげで快眠度が爆上がりしたとはいえ、より良い睡眠を取れば僕と女神様に大きなメリットがあるからね。

でも、宿屋のベッドでシロンをモフりながら寝たけれど、快眠度は「95」と、あまり上がらなかったんだよね。

ベッドがあまり気持ち良くなかったからかな?

というわけで、安眠度上げに試行錯誤してるってわけ。

ベッドはどうすることもできないとしても、枕ならなんとかできるかもしれないよね。安眠グッズっていったら枕だし。

いい枕の条件なんてわからないけど、ふわふわと気持ちいい物だったら安眠度が上がるかもしれない。

そう思って、この世界で一番ふわふわの素材ってなんだろうとシロンに聞いてみたんだけど「吾輩だ」って返されてしまった。

確かにシロンはめちゃふわだけど、枕にするわけにはいかないよね？

前に一度だけ枕代わりにしたとき、寝顔がめっちゃ苦しそうになってたもん。

シロンの毛をむしって枕にするわけにもいかないし、雑貨屋さんにお願いして高級羽毛とか取り寄せてもらおうかな。

「というわけで、お金を稼ぐ必要があるので、楽だけど報酬がおいしい仕事を貰いに来ました」

「ヒビキちゃんってば、今日も清々しいまでに欲望に忠実だね」

にこやかにサムズアップしたのは、ギルドの受付嬢サティアさん。

最初はなんだか適当な人だなって思ってたけど、冒険者ランクが最低の「E」ランクの僕にも比較的おいしい依頼を斡旋してくれるいい人だったんだよね。

そんなサティアさんは、依頼書の束をカウンターにドサッと乗せる。

さて、今日はどんな依頼を受けようかな。

いい感じでレベルも上がってるから、そろそろモンスター討伐とか受けちゃうってのもいいかもしれないし——。

「失礼する」

と、誰かに声をかけられた。

「お前がヒビキか？」

「……えっ」

ギョッとしてしまった。

だってこの世界に知り合いなんていないし。

一体誰だろ。

振り向いて、またびっくり。

サティアさんと同じ民族衣装——どうやらコレがフラン村住人の普段着らしい——を着た、17、8歳くらいの凄まじく可愛い人が僕を見下ろしていた。

三つ編みにした黒い髪。宝石みたいにキラキラとしている大きな瞳。

何ていうか、人形みたいだ。

現代にいたら、芸能事務所が放っておかないだろうな。

だけど、ちょっとツンとした感じがして、おっかない雰囲気がある。

「そ、そ、そうですが、僕に何か……？」

「う、む、すまない。危害を加えるつもりはないので、そんなに怯《おび》えないでほしい。私はここフラン村を治めているラティナだ」

「え？」

治めてるって……まさか村長さん？

そんなに若くて綺麗なのに？

……あ、綺麗なのは関係ないか。

というか、村長さんが僕に一体何の用事があるんだろう？

「サティアに聞いたのだが、最近、フラン村近辺のモンスターを討伐してくれているようだな？」

「は、はい。薬草採取のときにすごく邪魔なので……」

モンスター討伐の依頼は受けていないけど、採取の邪魔をしてくるスライムとかウサギのモンスターなんかは先に倒すようにしてるんだよね。

おかげでレベルは30まで上がっちゃった。

レベル30ともなるとスライム程度じゃレベルが上がらなくなったから、これくらいで頭打ちなのかもしれない。

「それは素晴らしい。そんなヒビキの腕を見込んで頼みたいことがある。ちょっと時間を貰えないだろうか」

「あ、はい。構いませんよ」

依頼を受けるつもりだったけど、別に急いでるわけじゃないしね。

ララティナさんと一緒にギルドを出る。

「少し歩こう」

「は、はい」

意図はよくわからないけど、ララティナさんと村を散歩することになった。

広場を出て、家屋が並んでいる居住区や畑が広がっている場所を歩く。

しかし、こんなふうにのんびり村の中を歩くのは初めてだな。

いつも宿と冒険者ギルドを行き来するだけだし、お店は村の中央広場に集中してるから他の場所に行く機会がないんだよね。

「この村を見て、どう思う？」

「どう？　ええっと……の、のんびりしてて、いいなぁと思います」

嘘偽りなくそう思う。

今日なんてすごく天気がいいし、そこら辺の草むらに寝っ転がってお昼寝でもしたくなるよね。

でも、ちょっと前の僕だったらこんなふうに考えることはなかったな。

仕事のことばかり考えて、道端に生えている綺麗な花に気づくこともなかった。駄女神様に転生させてもらって、そういう考えがリセットされたのかも。

「……そうか」

隣のラティナさんを見たら、険しい顔をして遠くを見ていた。

し、しまった。

つい素直に答えちゃったけど、もしかして失礼なこと言っちゃった？

「ふふ、どうやら気を使わせてしまったようだな」

ラティナさんが小さく笑う。

「まぁ、ポジティブに言えばそうなのだが、見ての通りフラン村は荒廃している土地が多い。あまり作物が育たないのだ」

「作物が……？」

よくよく周囲を見てみると、確かに何も作っていない畑が多い気がする。

草も生えていないのでただの空き地だと思ってたけど、植物があまり育たない土地だったんだ。

「どうして作物が育たないんです？」

「瘴気のせいだ」

瘴気——受付嬢サティアさんが言っていた毒霧のことだ。

この村に来て何度か耳にしたけど、一度も遭遇したことはないんだよね。

何でだろ？

「瘴気は作物だけではなく人間にも害を及ぼす危険な毒素だ。私の父もその瘴気によって命を落としてしまった。このままでは、いずれフラン村の住人全員が父と同じ道を歩むことになるかもしれない」

そう言ったラララティナさんは、すごく悲しそうだった。

「だからヒビキ、どうか瘴気の原因調査に協力してもらえないだろうか？」

「え？　協力？」

「そうだ。フラン村の土を汚している瘴気の元を断ちたい。モンスターをたやすく葬れるヒビキの力を貸してほしいのだ。この通り、頼む」

ラララティナさんが深々と頭を下げる。

う～ん。どうしよう。

作物が育たないってことは、土壌が汚染されているってことだよね？

でも、僕に土壌を良くする知識なんてないし。

けど……この問題は、他人事じゃない。

作物が育たないってことは、いずれ美味しいご飯を食べられなくなるし、病気になったら安眠どころじゃなくなる。

力になれるかわからないけど、これからの安眠のためにも協力すべきだ。

「わかりました。僕でよければ協力させていただきます」

「本当か!?　ありがとう……本当にありがとう……！」

ラティナさんがギュッと手を握ってくる。

ちょっとドキッとしてしまった。

ラティナさんって美人すぎてちょっと怖いし、ツンとしてて冷たい人なのかなと思ったけど、村の人たちのことを第一に考えている優しい人なんだな。

なんとかして彼女の力になってあげたいな。

よし。微力ながら、頑張ろう。

＊＊＊

「瘴気はゾアガルデだけではなく、世界中で問題になっている環境汚染だ」

そう教えてくれたのは、僕の頭の上に乗っているシロンだ。

初めて瘴気のことを聞いたときは無反応だったから「でまかせ言って高級肉をせびるつもりで

しょ」って思ったけど、どうやら本当に忘れてただけみたい。

駄女神様の眷属って言ってたし、そういう適当な部分は一緒なのかもしれないな。

シロン曰く、瘴気の原因は特定されておらず、大気汚染や土壌汚染をもたらしているのだという。

瘴気に汚染された土地では作物が育たず、体内に取り込んでしまった人間は重度の睡眠障害に陥り、衰弱して死に至る。

めちゃくちゃ怖いな。

というか、瘴気ってそんな怖いものだったんだね。

どういうわけか、未だに一度も遭遇したことがないけど。

「でも、何でフラン村の土地が瘴気に汚染されてるんだろ」

「そこまではわからんが、土壌汚染は地表面から有害物質が浸透して蓄積されるものだから、おおよその検討はつく」

「雨とか？」

「もしくは、作物を育てるときに撒いている水だな」

なるほど。それはあり得るな。

早速、ラティナさんに聞いてみたところ、フラン村の畑で使われている水は井戸ではなく川から汲んできているらしい。

てことは、その川が怪しいね。

水を汲んでいる川までは、歩いて５分ほどだった。

桟橋のようなものがかけられていて、今も民族衣装を着た村の人たちが水を汲んでいる。

しかし、特段変わったものはない。

瘴気っぽいものは出ていないし、シロンの鼻にも反応はない。

「ふ～む、だとしたら上流が怪しいかな。ちょっと行ってみようか」

「ああ、そうしよう」

「……うえっ⁉　ララティナさん⁉」

びっくりした。

いつの間について来たんだろ。

「い、いつからそこに？」

「ん？　畑の水について聞かれたときからずっと一緒だったが？」

「そ、そうだったんですね……気づかなかった」

気配を消すスキルでも持っているんだろうか。

「でも、危険ですよ？　上流にはモンスターがいるかもしれないので、ララティナさんは村に戻ってください」

「何を言っている。私も行くぞ」

食い気味に言うララティナさん。

「ヒビキに調査の依頼はしたが、男に任せきりにはできないからな。それに、私は狩りが得意なのだ。心配はいらん」

フフン、と鼻を鳴らすララティィナさん。

なんだか男に負けたくない、みたいな雰囲気を感じるな。

お父さんの代わりにフラン村を取りまとめているって言ってたし、そういう気概が必要なのかもしれない。

村の住民たちからの信頼は厚いらしく、水を汲みに来ていた村の人たちからねぎらいの言葉をかけられていた。

ララティィナさんも村のことを第一に考えているみたいだし、そういう想いがちゃんと伝わっているのかもしれないな。

準備はできていると言うので、このまま一緒に上流へと向かうことにした。

川のせせらぎを聞きながら、のんびりララティィナさんと川辺を歩いていく。

「あれ？　ララティィナさんって、弓を使えるんですか？」

ララティィナさんが大きな弓を担いでいるのに気づいた。

「ああ、そうだ。【遠射】というスキルを持っている」

「【遠射】？」

「遠く離れた標的でも、確実に矢を命中させることができるスキルだ」

「へぇ！　すごいスキルですね！」

「ああ、このスキルがあれば簡単に狩りができて――」

と、ララティィナさんがそこで言葉を呑み込む。

どうやら、何かに耳を傾けている様子。

一体何だろう。

「ふむ。丁度いい獲物がいるな」

ラティナさんの視線の先を見ると、川辺に緑色の肌をした小人のような影があった。

小鬼のモンスター、ゴブリンだ。

スライム同様、低レベルのモンスターで村の畑を荒らしたり家畜を襲うことがあるため、ギルドに討伐依頼が出されることがあるみたい。

その依頼を受けたことはないけれど、薬草採取に邪魔なので蹴散らしたことはあるんだよね。

「村の安全のために狩っておきたいのだが、いいだろうか？」

「構いませんよ。お手伝いします」

「ありがとう」

ラティナさんが弓を構える。

その姿を見て、つい息を呑んでしまった。

巨大な弓を引くララティナさんはすごく綺麗で、めちゃくちゃ絵になる。

「……ハッ！」

指を離すと同時に、凄まじい速さで矢が放たれる。

弧を描くように飛んでいった矢は、見事ゴブリンの額に命中した。

す、すごい。ここからゴブリンまで数百メートルくらいあるのに、簡単に頭に当てちゃったよ。

これが【遠射】スキルの力か。

「……ギャギャギャッ⁉」

「ギャギッ！　ギャギッ！」

でも、ゴブリンたちに見つかってしまったっぽいな。

10匹ほどのゴブリンが一斉にこちらに向かって走り出す。

「何度か戦ったことがあるから大丈夫だと思うが、気をつけろヒビキ」

頭の上からシロンの声。

「ゴブリンは集団戦を得意としているモンスターだ。特に死角に注意しろ」

「わかった。ありがとうシロン」

油断は禁物だよね。

だけど、僕もこの1週間で相当強くなってるし、昨晩の【安眠】効果も継続しているから、不覚を取ることはないと思うよ。

名前：ウスイ・ヒビキ
レベル：30
HP：1150／1150
MP：75／75

攻撃力：37
防御力：34
所持重量：150
熟練度：片手剣／30
スキル：【安眠】【翻訳】【スラッシュブレイド】【ポイズンゲイル】
魔術：【ファイアボール】【アクアボール】
称号：【女神アルテナの化身】
状態：【打撃耐性（半減）】【水属性耐性（半減）】【浄化（小）】【毒耐性（無効）】【疲労耐性（無効）】【取得経験値増加（中）】

昨晩の【安眠】で取得した効果はこんな感じ。

快眠度90の壁が越えられず、あまり内容に変わりはないけど、今回は【毒耐性】と【疲労耐性】が発動している。

【疲労耐性】は全く疲れが出ないから、遠出するときにありがたいんだよね。

「……くっ、少々数が多いか」

何度か弓を射るラティナさんだったが、全てのゴブリンを仕留めることはできなかったみたい。

ゴブリンたちがすぐ近くまでやって来る。

「ヒビキ！　頼む！」

「わかりました！」

ララティナさんと入れ替わるように前に出る。

手始めは魔術だ。

剣が届かない中距離は、小さな火球を放つ【ファイアボール】で攻撃し、魔術をくぐり抜けてきたゴブリンは剣で仕留める。

これが僕のいつもの戦術なんだよね。

今回もその戦術が上手くハマり、向かってきた残り5匹ほどのゴブリンは、あっという間に死体へと変わった。

「……す、すごい」

その光景を見ていたララティナさんが、ぽかんとした顔をする。

「ヒビキは魔術も使えるのか」

「はい。炎と水の魔術だけですけど」

「に、2種類も使えるのか⁉」

素っ頓狂《すっとんきょう》な声をあげるララティナさん。

「し、信じられん。それに、剣技も相当熟練しているように見受けられる。私よりも年下なのに、なぜヒビキはそんなに強いのだ？」

「え？　あ～、ええっと……」

どうしよう。

駄女神様のこと言ってもいいのかな？

口止めはされてないし、構わないよね。

「――め、女神アルテナ様の加護だと⁉」

「そうなんです。ちなみにこの子は駄女神様……じゃなくて、女神アルテナ様の眷属みたいで」

「……っ⁉　まさかその子犬、聖獣バロンなのか⁉」

ラティナさんの驚きは相当なものだった。

彼女が言うには、聖獣バロンはゾアガルデの守り神「聖樹ユグドラシル」と並ぶ偉大な存在らしい。

アルテナ教の伝記では、女神アルテナとともに地上に降臨し、彼女の力を増幅させ世界中に広めたとか。

し、知らなかった。

「シロンってすごい存在だったんだね」

「うむ。吾輩すごい」

わっさわっさと尻尾が揺れる。

可愛いけど、調子に乗るからこれ以上はやめておこっと。

「女神アルテナ様の加護に聖獣バロン……なるほど！　どうりでヒビキは強いわけだな！」

「そ、それほどでもないですよ」

なんだろう。

僕を見るララティナさんの目が、異様にキラキラしてるんだけど。

さっきまでの子供を見るような感じが消えちゃってる気がする。

「と、とりあえず先を急ぎましょうか。日が暮れる前に村に戻りたいので」

「ああ、そうだな」

山岳地帯が近くなるにつれ、なんだか辺りが薄暗くなってきた。

山の天気は変わりやすいっていうし、雨でも降るのかな……と思って空を見たけど、カラッと晴れ渡っている。

あれ？　じゃあ、何で薄暗くなってるの？

「……気をつけろヒビキ。瘴気だ」

ララティナさんが険しい顔をする。

ああ、なるほど。これが瘴気なのか。

かすかにアンモニア臭というか、ツンとするニオイがする。

体内に吸引したら危ないっていうし、このまま進んでも平気なのかな。

「これくらいの濃度であれば問題はない。長時間吸引し続けるのは危険だが」

そう言って、ララティナさんは口元をストールのようなもので覆う。

それくらいで防げるなら、まだ大丈夫かな。

とはいえ、ぐずぐずしていられない。原因を特定してさっさと帰還したほうが良さそうだ。

ラランティナさんから「これで口元を覆え」とストールを渡されたので、彼女と同じようにぐるぐると巻く。

なんだかいい匂いがするストールだな。

動物の毛で作られているのかな？

「あそこを見ろヒビキ」

今度は頭の上のシロンが声をかけてくる。

シロンは前方をじっと見ていた。

「瘴気が濃くなっている。何かあるのかもしれん」

「……本当だ」

川岸に大きな円形のくぼみがあって、赤紫色の霧が立ち込めている。

赤紫色の湯気が昇ってる地獄温泉みたいな感じだな。

いかにも危険そうな感じがするけど、赤紫色の霧が出ているのはあそこだけだし、シロンが言う通り何かありそうだ。

そのまま近づくのは危険なので、岸に上がって上からくぼみを見てみることにした。

「……あれはポイズンスライムだな」

そう言ったのは、ラランティナさんだ。

くぼみの中には毒々しい赤紫色のスライムがいた。

半透明の体内からボコボコと泡のようなものが発生していて、体外に出た瞬間、赤紫色の霧になっている。

間違いない。

アレが瘴気の発生源だな。

「でも、スライムが瘴気の発生源になっているなんてびっくりだね」

「吾輩も初めて見るな……」

シロンがくぅ～んと鳴く。

「推測するに、特殊なポイズンスライムなのかもしれんな」

「特殊？　……ってことは、世界中で起きてる瘴気の原因はこいつじゃないってこと？」

「ああ、違うだろうな。ポイズンスライムが原因なら、とうの昔に瘴気問題は解決している」

確かにシロンの言う通りかもしれない。

瘴気の原因は不明って言っていたし、スライムが原因でしたなんて簡単なものじゃないか。

でも、フラン村の土壌汚染は、このポイズンスライムが原因の可能性はあるよね。あいつらが水を汚染させているっぽいし。

とりあえず倒しちゃって――。

「……あれ？　ラティナさん？」

ふと隣を見ると、ラティナさんが苦しそうな顔でかがみ込んでいた。

「どど、どうしたんですか!?」

「す、すまない。少しだけ体が痺《しび》れてきて……」

「まさか、瘴気の影響で⁉」

まずいまずい。

早くあのスライムたちを倒してここから離れないと。

でも、どうやって狩ればいい？

あの瘴気の濃さじゃ迂闊に近づけないし、ラティナさんの【遠射】で仕留めてもらおうにも、彼女は戦える状態じゃない。

どうにかして近づかないといけないけど――。

「……ん？　ちょっと待てよ」

瘴気って、広義でいえば「毒」だよね？

だったら【安眠】スキルで発動してる【毒耐性（無効）】で無力化できるんじゃないかな？

その証拠に、体調不良に陥っているラティナさんと違って、僕の体に異変はないし。

「というか、シロンは平気なの？」

「吾輩か？　問題ないぞ。女神アルテナ様の眷属だからな」

「そ、そうなんだ」

理由は良くわからないけど、ピンピンしているし問題ないか。

今はそんなことよりも、ポイズンスライムだ。

「ラティナさんはここで待っていてください」

「ま、待て、どうするつもりだ⁉」

「接近戦であのスライムたちを倒します」

剣を抜いて川辺に降りていく。

次第にツンとする刺激臭が強くなってきたけど、体に痺れはない。

よし。このまま突っ込むぞ。

僕が近づいてきていることに気づいたポイズンスライムたちは「こっちに来るな」と言いたげに、
ブワッと瘴気を撒き散らし始めた。

視界を奪うほどの凄まじい濃度。

さすがにこれはちょっとマズいんじゃ、と一瞬たじろいだけど、特に体に異変はなかった。

「コレなら……いける！」

剣を構え、くぼみへと飛び込む。

ざっと見たところ、10匹ほどのポイズンスライムがいる。

早速、一番近くにいるポイズンスライムに【スラッシュブレイド】を放った。

プヨプヨと揺れるスライムは、まるでゼリーのように綺麗に真っ二つになり、どろりと溶けて消えていく。

「いいぞヒビキ、その調子でいけ」

鼻声のシロン。

瘴気で鼻がバカになっちゃったのかなと思ったけど、両手で器用に鼻を押さえていた。

犬の嗅覚で瘴気のニオイはキツイのかな。

剣技と【ファイアボール】を駆使しながら、プヨプヨと襲いかかってくるポイズンスライムたちを次々と倒していく。

ポイズンスライムは普通のスライムの上位種だけど、毒が効かなかったら普通のスライムと強さは変わらないみたいだ。

「……ふぅ。これで最後かな」

最後の１匹がどろりと溶けて消えていく。

10匹ほどいたポイズンスライムを全員倒しきると、辺りに立ち込めていた深い瘴気も風に乗って消えていった。

よし。これで川の水も汚染されなくなるだろうし、フラン村の土壌汚染も解消されるよね。

他に「瘴気溜まり」はないみたいだし、早くララティィナさんと村に戻ろうと思ったんだけれど――。

「……っ⁉　ララティィナさん⁉」

岸に上がると、ララティィナさんが地面に倒れていた。

慌てて抱き起こしたけれど、ぐったりとしてしまっている。

「だっ、大丈夫ですか⁉」

「……ああ、ヒビキか。大丈夫だ。問題ない」

「で、でも、顔色が」

ぐったりとしているだけじゃなく、顔色も真っ青だ。

明らかに大丈夫な状態には見えない。

「シ、シロン！　どうにかできない⁉」

「吾輩にもどうすることもできん。瘴気に侵されてしまっている」

悲しそうな声をあげるシロン。

「……ヒビキ」

かすれるようなラティナさんの声。

「スライムは、倒したのか？」

「は、はい、全て倒しました。瘴気溜まりも消えています」

「そうか……良かった。ありがとうヒビキ。キミのおかげでフラン村は……うっ」

「ラッ、ラティナさん！」

ラティナさんは苦悶の表情を浮かべたかと思った瞬間、ガクッと意識を失ってしまった。

まさかと背筋がぞっとしてしまったが――彼女の胸は小さく上下している。

ああ、良かった。

ただ気を失ってしまっただけみたいだ。

だけど、このままだと本当に死んでしまいかねない。

急いで村に連れて帰らないと！

＊＊＊

意識を失ってしまったララティィナさんをどうやって村に連れていくか悩んだけど、彼女を背負っていくことにした。

僕の体は14歳くらいの小さな体なので、ララティィナさんを背負って運ぶなんて無理だと思ったけど、意外と楽勝でいけた。

多分、【安眠】スキルで発動している【疲労耐性（無効）】のおかげだろう。

シロンの【効果持続】のおかげでフラン村に着くまで効果が続いてくれてよかった。

村に到着してすぐに治療所にララティィナさんを運んだ。

状況を聞いた医師さんが慌てて診てくれたんだけれど――。

「これは……瘴気による『不眠の呪い』ですね」

瘴気による重度の睡眠障害。

気絶しているのに睡眠障害なのかと不思議に思ったけど、昏睡状態と覚醒状態が続くのだという。

その証拠に、たまにララティィナさんの意識は戻るのだけど、すぐに昏睡状態に戻ってしまった。

食事すらできないこの状態がずっと続き、体力がなくなってしまったとき永遠に眠ってしまうらしい。

「ど、どうにかなりませんか？　フラン村の土壌汚染の原因だったスライムは倒してきたんです」

「残念ながら、この呪いと土壌汚染に関係はありません。ララティィナ様のお父上も同じ病に罹《かか》って手の施しようがなかったんです」

「そ、そんな……死ぬのを待つしかないってことですか⁉」

「とりあえず、今晩は様子を見てみましょう。どうかヒビキさんも休んでください」

「いえ僕は――」

大丈夫と言いたかったけど、突然ドッと疲れが出てきて、思わずその場にぺたんと尻もちをついてしまった。

どうしたんだと思ってステータスを見たら、【安眠】スキルの効果が切れていた。

ああもう、こんなタイミングで。

「ひとまず疲れを癒やせヒビキ。話はそれからだ」

シロンの声。

しばし考え、首肯する。

「……そうだね。そうしよう」

それに、ここに留まっていても、僕の頭じゃララティナさんを救える方法は浮かびそうにないし。

この世界を作った駄女神様に、何か方法はないか聞いてみよう。

シロンを頭に乗せたまま治療所を出て、部屋を借りている宿屋へと向かう。

そして、両手を合わせて彼女を呼んだ。

「アルテナ様。僕の声が聞こえていましたら、来ていただけませんでしょうか」

しばらくして、光の魔法陣が空中に浮かび、女神アルテナ様が現れた。

今日は缶チューハイを持っていないようだ。

「……ほいほいと現れるのもどうかと思ったけど、なんだか切羽詰まってる感じだから来てやったわ。感謝してよね」

「おお、貴女はアルテナ様」

「久しぶりね、バロン」

アルテナ様が、僕の頭の上に乗っているシロンを撫でる。

「それでヒビキ？　一体あたしに何の用――」

「ラテティナさんが瘴気の毒に侵されてしまったんです。瘴気の解毒方法はないのでしょうか？」

「ちょ、ちょっと最後までしゃべらせてよ。相当ヤバいってのはわかったけど」

はぁ、と溜息をつく女神様。

「残念だけど、瘴気の解毒方法はこの世界にないわ」

そして、あっさりとそう言い放った。

「そ、そんな⁉　この世界を作ったのは女神様なんですよね⁉」

「フレンティアを作ったのはあたしだけど、瘴気は違う。あれは、この世界で自然発生した『厄災』なんだよ」

「厄災……」

つまり、自然の摂理ってこと？

この世界がフラン村とラテティナさんを殺そうとしているってことなの？

愕然《がくぜん》としてしまった。

世界を作った女神様でもどうしようもないって、八方塞がりじゃないか。

「ただ、この世界にあるものじゃ瘴気を浄化するのは無理だけど、それ以外のものなら可能性はあるわ。ヒビキの【安眠】スキルよ」

「……僕の？」

「ヒビキの【安眠】スキルで発動した【毒耐性】か、毒素を除去する【浄化】の効果をその子に付与できればなんとかなるかもしれない」

「効果の付与って……」

確かに、【安眠】スキルの効果をラティナさんに渡すことができれば、彼女の体内の瘴気は消えるかもしれない。

現に、僕は瘴気を吸い込んでも何の障害も起きなかったし。

だけど、そんなことができるわけがない。

僕のスキルは僕自身にしか効果がないし、誰かのスキルで機能拡張でもしない限り――。

「……んあぁぁっ！」

「っ!?」

ビクッとアルテナ様が身をすくませる。

「ちょ、ちょっと、何？　いきなり立ち上がって叫ばないでくれる？」

「グッジョブですよ、駄女神様！」

「え？　グッジョブ？　どゆこと？」

「そうですよ！　付与すればいいんです！　ああ、さすがは駄女神様だ！　駄女神様ばんざい！」

「うん、ちょっと待って。さっきからあたしのこと駄女神ってディスってない？　１回目は大人の余裕でスルーしたけど、さすがに３回も言われたらあたしもブチギレる――って、こらっ！　待たんかいっ！」

僕は頭の上にシロンを乗せ、慌てて部屋を飛び出す。

すっかり日が落ちてしまっていたけれど、僕はラティナさんがいる治療所へと向かった。

＊＊＊

「……そっ、そそ、添い寝⁉」

僕から話を聞いた医師さんが素っ頓狂な声をあげた。

「そうです。僕とシロンがラティナさんに添い寝します。それできっと――彼女の体から瘴気の毒素が消えるはずです」

僕が考えたアイデアがそれだった。

シロンと一緒に寝ると、【効果持続】だけじゃなく【広域化】が発動する。

広域化。つまり、僕以外にも【安眠】スキルの効果を発動させることができるということだ。

その効果を利用すれば【毒耐性】か【浄化】効果をラティナさんに付与することができるはずなんだ。

「な、なるほど……ヒビキさんのスキルを使えばララティィナ様を助けることができるというのはわかりました。ですが、ララティィナ様との添い寝を許可することは私には……」

気まずそうに口ごもる医師さん。

彼が言いたいことはよくわかる。

子供の姿だとはいえ、ララティィナさんを見知らぬ男と一緒に寝かすのはいかがなものかと思っているのだろう。

年頃の女性というのもあるけれど、彼女はこの村の村長なのだ。

何かがあってからでは遅い——というのはわかるけれど、僕が手を出すなんてあり得ないし、このままだとララティィナさんは夜を越せない可能性だってある。

「責任は僕が持ちます。なので、お願いします」

深々と頭を下げた。

しばし治療所に沈黙が流れる。

「わ、わかりました。ヒビキさんがそこまで仰るのであれば」

「本当ですか⁉　ありがとうございます！」

ああ、良かった。

とりあえずは、ほっと一安心。

これで【安眠】スキルが発動して【毒耐性】か【浄化】が発動すればきっとララティィナさんも助かるはず。

「それでは、こちらに」

「は、はい」

ララティナさんがいる部屋へと案内された。

病人を隔離する部屋なのかもしれない。

小さなベッドにララティナさんが横になっているのが見えた。

意識はないようだが、苦しそうな表情を浮かべている。

すぐに助けるからね、ララティナさん。

「……シロン、いつもみたいにお願いね？」

「うむ。存分に吾輩をモフるがよい」

シロンを抱きかかえ、ララティナさんの隣に横になる。

【広域化】の範囲がどの程度かはわからないけれど、この距離なら十分なはずだよね。

女性の隣で寝るのはちょっと恥ずかしいけど……頑張って高い快眠度を出さなきゃ。

＊＊＊

「ひゃあああああああっ⁉」

「……っ⁉」

突然の悲鳴に飛び起きる。

何だ何だ⁉

モンスターでも現れたか⁉

――と思ったのだが、悲鳴の主は僕の隣で寝ていたララティィナさんだった。

窓の外を見るとすっかり明るくなっていた。

どうやら無事に朝を迎えることができたらしい。

「ヒッ、ヒビキ⁉　なっ、なな、なぜお前が私と一緒に寝ているのだ⁉」

ララティィナさんが困惑したような顔を見せる。

「ごめんなさいララティィナさん。びっくりさせてしまったかもしれないですけれど、あなたの体から瘴気を浄化するために添い寝をさせていただきました」

「そ、添い寝ぇ⁉　しょ、しょしょ、正気か⁉」

「いえ、瘴気です」

ううむ、これはちょっと混乱しているのかもしれないな。

だけど、本当に瘴気は浄化されているのかな？

僕はベッドで丸くなっていたシロンを抱きかかえる。

「シロン、ララティィナさんから瘴気のニオイはする？」

「ふむ……いや、全くしないな」

「ホント⁉　やった！　瘴気が浄化できたんだ！」

シロンの鼻でも認識できないってことは、完全に浄化されたってことだよね。

僕の作戦は成功したみたいだ。

というか、この方法で瘴気が浄化できるなら、また瘴気に侵された人が出ても同じように添い寝をしてあげればいいってことだよね？

「これはすごい発見ですよララティナさん！　また瘴気が来ても僕が添い寝をしてあげれば――って、あれ？　ララティナさん？」

なんだか顔が今にも爆発しそうなくらいに真っ赤になってるけど……？

「どど、どうしたんですか？」

「ヒ、ヒビキが私を助けてくれたのか？」

「え？　あ、はい。川の上流に行ったとき瘴気のせいで気を失っちゃったみたいだったので、背負って村まで戻ってきたんです」

「そっ……そこまでして……私のことを……？」

「……え？」

そこまでしてって、どういう意味だろう？

危険な状態だったから、なんとか助けようと思っただけなんだけど。

それに……何だろう。

昨日までのララティナさんと雰囲気が違う気がする。

急にしとやかになったっていうか、乙女っぽくなったっていうか。

「……おお、ララティナ様！」

僕たちの騒ぎを聞きつけてか、医師さんや村の人たちが部屋にやって来た。

「目が覚められたのですね！」

「う、うん……ヒビキのおかげで……」

「おおお、良かった！　本当に良かった……！」

うっすらと涙を浮かべる村の人たち。

ラティナさんのお父さんも瘴気で亡くなったって言っていたし、最悪のことを想定していたのかもしれない。

彼らは僕に何度も感謝の言葉を口にして、昨晩から今朝にかけて村で起きている「奇跡」のことを教えてくれた。

なんでも、農地の土壌から瘴気のニオイがしなくなったらしい。

全部僕のおかげだ……って感激してたけど、もしかして【広域化】で【浄化】の効果が村中に広がったのかな？

ポイズンスライムを倒して瘴気の元は断ったけど、土から瘴気がなくなるのを待つ必要はなくなったみたいだ。

……あ、もしかして、昨日まで瘴気に遭遇しなかったのって、こうやって僕が浄化していたからなのかな？

「ヒ、ヒビキ」

ちょいちょいとシャツを引っ張られた。

ララティナさんだ。

「こ、今回は本当にありがとう。村や私を救ってくれたキミにお礼をしたい。１時間ほど経ったら、私の屋敷に来てはくれないだろうか？」

「ありがたいですが、お気持ちだけで十分ですよ。フラン村のためになったのなら、僕も嬉しいですし――」

「ぜひ来てほしいのだがっ！」

「……うひっ⁉」

突然、ズズイッと顔を近づけられてびっくりしてしまった。

な、何だ？

ララティナさんの顔が妙に真に迫るというか、必死というか……。

「わ、わかりました。では、お伺いさせていただきます」

その気迫に押されて承諾してしまった。

ララティナさんは「準備をしてくる」と言って治療所を後にしたので、僕は浄化された村を見て回ることにした。

浄化された土地ではすでに村の人たちが開墾作業を始めていて、なんだか村全体が活気づいているように思えた。

全員が笑顔で、見ているとこっちまで元気になってくる。

ララティナさんのお手伝いをして良かったな。

ぐるっと村を1周回ったくらいで1時間が経ったので、ララティナさんがいる村長の屋敷へと向かう。

屋敷は小高い丘の上にあった。

豪華……とまではいかないが、歴史を感じる造りの家で、庭にはララティナさんが使っているのか、いくつか矢が刺さった的があった。

あれで弓の練習をしているんだろうな。

「ああ、ヒビキさん」

屋敷の入り口に立っていた男性が頭を下げた。

治療所にいた医師さんだ。

「どうぞお入りください。ララティナ様がお待ちです」

「は、はい」

彼に案内された木目調の壁の部屋（多分、リビングかな？）にいたのは、ララティナさんをはじめ数人の大人たち。

気になったのは、大人たちが皆嬉しそうな顔をしているのと、ララティナさんが綺麗な化粧をしていたことだ。

「なんだか嫌な予感がするよ、シロン」

「……うむ。そうだな」

ワフン、と頭の上からシロンの声。

ラティナさんは「礼をしたい」と言っていたけど、何か別のことのような気がしてならない。

どうしよう。このまま帰るわけにもいかないしな。

「ヒ、ヒビキ」

僕に気づいたララティナさんがちょいちょいと手招きする。

おずおずと彼女のそばにいく。

「よよ、よく来たな。彼らは私の親族なのだ」

「そ、そうなんですね」

「うん。とりあえず、ここに座ってくれ」

「は、はい……」

僕は促されるまま、ララティナさんの隣に座る。

嫌な予感が次第に膨らんでくる。

おめかししたララティナさんと僕が座っているのは、大きな部屋の一番前。

そして、部屋の両端に大人たちがずらりと並んでいる。

何だろう、これ。

いかにも「このふたりがこの度、結婚します！」的な並び方じゃない？

「ところで、ヒビキは知っていたのか？」

ララティナさんが尋ねてくる。

「え？　何をです？」

「ええっと、その……そっ、添い寝のことだ」

首を傾げていると、ララティナさんが恥ずかしそうに打ち明ける。

「フ、フランマ地方では、添い寝は永遠の愛を告げる手段なのだが……」

「……ふぇ？」

これぞまさしく、目が点になるというやつだろう。

添い寝＝愛の告白。

何ですかそれ。初耳なんですけど。

「ちょちょ、ちょっと待ってください⁉　え⁉　どど、どういうことですか⁉」

「あっ、安心しろ！　わっ、わわ、私はヒビキならいいぞ⁉」

突然、すっくと立ち上がるララティナさん。

顔を真っ赤にして、身振り手振りを加えながら続ける。

「な、なにせヒビキはゴブリンやポイズンスライムを余裕で倒せるほどの強者なのだ！　うむ！　キミのような男は他にいない！　わっ、わ、わ、私の旦那にふさわしいと思う！」

「だだ、旦那ぁ⁉」

「大丈夫だ！　年齢は若いがさほど離れていないので問題はない！　私の旦那として……フラン村の領主として、村の立て直しに協力してくれっ！」

「はぁ⁉　りょ、領主ぅ⁉」

何それ⁉

旦那ってだけでもおかしいのに、領主って何⁉

いろいろ話がぶっ飛びすぎてわけがわからなくなっているんですけど⁉

「フラン村の新たな領主、ヒビキ様に乾杯！」

「勝手に乾杯しないでください⁉」

一斉にジョッキを掲げる大人たちに、思わず突っ込みを入れてしまった。

と、とりあえず落ち着け僕。

この空気に流されるんじゃない。

そうやってサラリーマン時代にたくさん失敗してきたじゃないか。

ここはしっかり、お断りしますと伝えてだな。

「ヒビキ」

と、ララティィナさんの声。

「どうかこの話を受けてはもらえないだろうか。ヒビキは私にはできなかった瘴気の浄化をやってのけ、フラン村を救ってくれたのだ。キミが村の領主になってこの村に居続けてくれれば、天国の父も安心すると思う」

「……で、でも」

「わかっている。ヒビキはフラン村に来たばかりだし、わからないことだらけだろう。だから、私が全力でキミをサポートする。だから、どうか……」

「ラ、ララティィナさん……」

彼女の目は真剣だった。

いや、ララティナさんだけじゃない。ここに集まっている彼女の親族たちも。

全員が、僕に期待してくれている。

こんなに信頼を向けられるなんて初めての経験だ。

長いサラリーマン生活では、一度もなかった。

つい、彼らに応えたいと思ってしまった。

彼らは僕に過度の期待を抱いているわけじゃない。

サラリーマン時代みたいに、がむしゃらに働くことを求めてはいないし、睡眠時間を削って働けと言われているわけでもない。

この村に腰を据え、瘴気から村を守ってほしいと願っているだけなのだ。

それに、これはある意味、良い提案なのかもしれない。

領主になるということは、フラン村を自分好みに改良することができるってこと。

もちろん僕のことを優先させるあまり、村の人たちの生活を困窮させるような真似はできないけど、良質な睡眠を取るための下地を作ることはできる。

「……わ、わかりました」

しばし考え、僕は首を縦に振った。

「フラン村のため、領主の話だけは喜んで受けさせていただきます」

「ほ、本当かっ⁉」

ガシッと僕の手を掴むララティナさん。

「で、では早速、私との結婚の儀を……いや待て！　その前に新居の準備をだな！　はっ⁉　ということは、今夜は初夜……⁉」

「そ、そそ、そっちの話は保留でお願いします！」

だ、だってほら、僕ってばまだ子供だし！

精神年齢は35歳だけど、結婚はまだ早いですってば！

結婚するだのしないだのと、とっくみあいを始める僕とララティナさん。

にこやかに見つめる親族の方々。

そんな僕たちを見て、シロンが「つまらんことで揉めているな」とでも言いたげに、大きなあくびをした。

第2章　快適な安眠生活を求めて

フラン村の統治をスタートさせ、気がつけば3ヶ月が経っていた。

季節は春を通り越して、夏が近づいてきている。

空には綿あめみたいな入道雲が出てるし、この世界は日本と似たような気候なのかもしれない。

というか、この3ヶ月はあっという間に過ぎちゃったな。

村のためになればと領主になってはみたものの、何をすればいいのかわからないことだらけだった。

村を治める立場として、宿住まいというのはいかがなものかという話になって、ラティナさんが住んでいる村長の屋敷にひと部屋借りることになった。

そこを拠点にして冒険者の仕事をこなしつつ、新米領主としてララティナさんから依頼された「村の雑務」をこなしていた。

雑務というのは、主に「フラン村の住人たちの悩み事解決」だ。

フラン村には40名ほどの住人がいるんだけど、全員が似たような悩みを抱えていた。

井戸水を汲み上げる桶がボロボロになったのでどうにかしてほしい。

畑の柵が壊れてしまい、害獣に荒らされている。

作物の病気が酷い。

宿屋に客が来ない。

村に滞在している冒険者が少ないので、依頼を出しても長期間放置される。

外貨が回ってこない。

などなど。

作物の育て方はわからないから、村にいる農作物・種苗の専門家にお願いして、井戸の桶や柵は僕がなんとか修理した。だけど、そのほかの問題は一朝一夕じゃどうすることもできなかった。

なので、今後の懸案事項としてメモを残しておいたんだけど、村を訪れる旅人さんが少ないのは即急にどうにかしたいところだ。

フラン村に滞在していて僕も気づいたんだけど、旅人や冒険者など村の外からやって来る人間があまりいない。

たまに行商人がやって来て村に必要なものを卸してくれるけど、それ以外の人間がめったに来ないのだ。

人が来ないということは、お金が回ってこないということ。

フラン村では年に1回、国に決められた量の農作物を税として納めている。

だからあまりお金はいらなさそうだけど、村で賄えないものを買うためにはどうしても必要になってくる。

つまり、村にやって来てお金を落としてくれるお客さんが必要ってわけ。だけど、長年の瘴気の影響もあって旅人の足が遠のいてしまっているのが現状なんだよね。

ううむ。

この問題、どうにかして解決できないかな？

「……ヒビキ」

屋敷に借りている僕の部屋。

1日の仕事を終えてのんびりしていると、ラティナさんがひょいと顔を覗かせた。

「ご飯ができているがどうする？　先にお風呂にするか？」

「え？　あ、え、ええっと、ご、ご飯でお願いします」

「わかった。では一緒にリビングに行こう」

ニッコリと微笑むラティナさん。

その笑顔にドキッとしてしまう。

女性とひとつ屋根の下で暮らすってことだけで人生初体験なのに、さらにお相手がメチャクチャ可愛いなんて、キャパオーバーすぎる。

さらに料理や家事までやってくれてるし。

「あ、あの、ラティナさん、あまり無理はしないでくださいね？」

「ん？　無理？」

「だってほら、今日はラティナさんも一緒にモンスター討伐に出てるじゃないですか？」

今日はフラン村の川辺に出没したというリザードマンの討伐に出た。

いつもは僕ひとりでやってるんだけど、「運動がしたい」とラティナさんも同行してくれたんだよね。

だから今日は、できればラティナさんにはゆっくりしてほしいんだけど……。

「ああ、そういうことか」

ララティナさんは他愛もないことのように、平然とした顔で続ける。

「大丈夫だ。私は料理や家事をやるのが大好きだからな。いわば趣味のようなものだ。ほら、スイーツは別腹って言うだろう？」

「……あ～、うん。言う……かな？」

よくわからないけど、ララティナさんにとって料理や家事はスイーツみたいなものって言いたいのかな？

まぁ、「家事の半分は僕がやります」って言っても断られちゃったし、楽しんでやってくれているのなら無理に止めるつもりはないけど。

しかし、と楽しそうに笑うララティナさんを見て思う。

こうして彼女と一緒に住み始めてわかったんだけど、ララティナさんはすごく家庭的な女性だった。

料理のレパートリーはすごく多いし、掃除洗濯など家事全般も完璧にさらっとやってのけてしまう。

聞いた話だと幼少期は弓の練習に明け暮れ、遊ぶように狩りをやっていたらしいんだけど、家事はどこで習得したんだろう？

そんなラティナさんのおかげで、快眠度も100を超える数値を出すことができてるから、駄女神様も大喜び。

本当にありがとうございます。

ちなみに僕はこの3ヶ月、【安眠】スキルで取得経験値をブーストしながらフラン村周辺のモンスター討伐にかかり切りになっていた。

おかげでレベルもかなり上がって、片手剣の熟練度も相当なものになった。

名前：ウスイ・ヒビキ
レベル：45
HP：2200／2200
MP：115／115
攻撃力：57
防御力：49
所持重量：170
熟練度：片手剣／45
スキル：【安眠】【翻訳】【スラッシュブレイド】【ポイズンゲイル】【アイアンスキン】
魔術：【ファイアボール】【アクアボール】【サンダーボルト】

称号：【女神アルテナの化身】
状態：なし

どれくらい強いのかいまいちわからなかったので、ラティナさんのステータスを聞いてみたところ、レベルは15だと言っていた。

うーん。

ちょっと強くなりすぎたのかもしれない。けど、別にいいよね？

僕と一緒に生活をしているから、ラティナさんにも【安眠】の効果が発動してるし、そのうち彼女も同じくらいのレベルになると思う。

「うわぁ……美味しそう」

「ふふ、そうだろう？　たくさん食べてくれ」

リビングにある大きいテーブルには、いろいろな料理が並べられていた。

イノシシの香草焼きにソーセージ。

その隣には、ニジマスやイワナを焼いたものに、酢漬け野菜を使ったスープなどなど。

料理が趣味と言うだけあって、豪華でめちゃくちゃ美味しそうな見た目だ。

あ、いや、実際に美味しいんだけどね？

テーブルのそばで、すでにシロンがあぐあぐと一心不乱にイノシシの肉を食べていた。部屋に戻ってこないなと思ったら、こんなところにいたのか。

「美味しそうだね、シロン」

「うむ。ラティナの料理は最高だ。何度食べても飽きない。ただ、もう少し量があるともっと最高なのだが」

「ふふ。じゃあ僕のを少しあげるよ」

「ほんとうか!?」

キラキラとした目でわっさわっさと尻尾を振るシロンを見て笑ってしまった。

本当にシロンってば可愛いんだから。

シロンの頭を撫でてからお皿に肉をいくつかよそって、テーブルにつく。

まずはラティナさんとワインで乾杯。

今の僕は14歳くらいだしお酒は遠慮していたんだけど、この前ラティナさんに聞いたところ飲んでも問題はないみたいなんだよね。

だから食事のときはこうやってワインで乾杯しているってわけ。

この世界のワインは現代のものと比べるといくらか薄いけど、あまりお酒が強くない僕にぴったりだし。うん、美味しい。

「しかし、今日のヒビキもすごかったな。まさかリザードマンをナイフ1本で仕留めるとは思わなかったぞ」

「そ、そう?」

シロンに負けないほどのキラキラとした目で見られ、狼狽《うろた》えてしまった。

ララティナさんの頬が赤くなっているのは、ワインが回ったから……というわけじゃないと思う。

僕と一緒にモンスター討伐に出たときはいつもこうなんだよね。

ララティナさんって、本当に強い男性が好きなんだと思う。

まぁ、僕は男性っていうより子供だけど。

リザードマン程度ならナイフで十分だからそうしてるんだけど、ここまで強くなれたのは彼女のおかげでもあるんだよね。

「全部ララティナさんのおかげですよ。いつも美味しい料理を作ってくれるので、高い快眠度が出ているんです」

「快眠度……ヒビキの【安眠】スキルのことだな」

ララティナさんには僕の【安眠】スキルのことは話してある。

駄女神様の睡眠不足の解消のため……というのは、この世界に多くの信者を抱えている女神様の沽券《こけん》を守るために伏せてあるけど。

「ふむ。良い睡眠をとるには良い枕が重要だという話を聞いたことがある。行商人に依頼して、羽毛の枕を取り寄せてみよう」

「えっ、本当ですか？　ありがとうございます」

それは素直に嬉しいな。

枕が欲しかったんだけど、どうにも手が出せなかったんだよね。

だってほら、良い枕って贅沢品みたいなものじゃない？　依頼をこなしてお金は貯まってきたけど、贅沢できるほどじゃなかったし。

「良い枕と栄養バランスが取れた食事があれば、もっと快眠できると思うぞ。というわけで……あ～ん」

ソーセージが刺さったフォークをこちらに差し出すラティィナさん。

「……え？　な、何ですか？」

「バランスが良い食べ方というものがあるからな。ヒビキが安眠できるように私が料理の食べ方を教えてやろう。ほら、あ～ん」

「け、結構です！　じじ、自分で食べられますから！」

慌てて目の前の料理を掻き込む。

だけど、結局「それではバランスが悪いぞ！」と怒ったララティィナさんに強引に「あ～ん」されてしまうのだった。

＊＊＊

翌日。

いつものようにシロンをモフりながら寝たんだけど、快眠度が過去最高の１１０になった。

ララティィナさんに半ば強制的にバランスの良い食事の食べ方というのをレクチャーしてもらった

から、そのおかげなのかな？

今日は冒険者の依頼はお休みにして、午前中は村の見回りを兼ねてのんびり散歩することにした。

本当は家でダラダラしていたいんだけど、陽の光を浴びて適度に運動するのも安眠には必要だからね。

それに、村の見回りも新人領主には大事な仕事だ。

瘴気が浄化されてから畜産も再開しているみたいだし、畑でも様々な作物が育っている。

とはいえ、収穫にはまだ時間がかかる。

僕たちの口に運ばれるのはもう少し先だ。

フラン村では俗に言う三圃《さんぽ》式、つまり輪作で農地を3つに区分してローテーションしながら農作物を育てているらしい。

村の北側にある農地は、秋に小麦やライ麦を植えて春に収穫する「秋耕地」で、南西側は春に大麦、エンドウ豆、ソラ豆などを植えて秋に収穫する「春耕地」、南東側は現在お休み中の「休耕地」だ。

先日、秋耕地の小麦の収穫が行われていたっけ。

瘴気の影響か、あまり量が採れなかったみたいだけど、風車で小麦をすり潰して小麦粉にしてパンを作っていた。

村で作ったパンは村の人たちの主食になるだけじゃなく、旅人や冒険者たちに売ってるみたい。

とはいえ、例のごとく村にやって来る旅人や冒険者は少ないから、売上は微々たるものだけどね。

「……あ」

などと考えていると、いつの間にか冒険者ギルドの前に来ていた。

ううむ。今日は休みのつもりなのに。

これじゃワーカホリックみたいじゃないか。

「あ、ヒビキ様。シロンちゃん。こんにちは」

「こんにちはサティアさん」

受付嬢のサティアさんに挨拶。

シロンも僕の頭の上でワフッと鳴く。

「休まずウチに来てくれるなんて、本当に仕事熱心な領主様だね。過労死しちゃわないように気をつけてね？」

「大丈夫ですよ、のんびりやってますから」

転生前と比べるとホワイトすぎる環境だし。

お金が欲しいなって思ったら仕事をやって、のんびりしたいときは徹底的にのんびりする。最高の就労環境だと思う。

ギルドには普段と変わらず、ぽつぽつと冒険者の姿があった。

40歳くらいの中年の冒険者たちだ。

見知った顔もあるので、宿を拠点にして仕事を受けているんだと思う。

成り上がる野望を抱いている冒険者は大陸の大きな街で活動をしているけど、彼らみたいな一線を退いた冒険者は地方の村や街でのんびりやるらしい。

ちなみに、村の鍛冶屋さんや錬金屋さんは彼らを相手に商売をしていて、そのお金の一部は税金として村に納めてもらっている。

それがなかなかの収入になっているらしく、故に村の財務を担当しているララティナさんの親族が「冒険者や旅人を増やしたい」と言ってるってわけだ。

確かに彼らが増えれば財政が豊かになるけど、誘致するには人を集める「観光資源」が必要だよね？

でも、これといってフラン村に珍しいものはないからなぁ。

あ、そうだ。サティアさんはフラン村に来て長いみたいだし、何かいいアイデアがあるかもしれないな。

「——なるほど。村の外から人を誘致したいってわけか」

軽く事情を説明すると、サティアさんは困ったような顔をした。

「あたしとしてはコレくらいの忙しさで十分なんだけど、村としてはそうも言っていられないのね」

「そうですね。またいつ瘴気のような災害が起きるかわからないですからね。蓄えはあったほうがいいですし」

「そっか。そうだよね～」

う～ん、と首を捻るサティアさん。

「そうだ！　避暑地にするってのはどう？」

「避暑地？」

「そ。フランマ高地って標高が高いから夏でも涼しいんだよね。それに、ゾアガルデの中でも比較的安全だし、避暑地には最適だと思うんだけど」

「なるほど、避暑地か……」

それはいいアイデアだな。

フランマ地方の土地管理がどうなっているのかわからないけど、別荘とか建ててもらって夏場に来てもらうってわけだ。

でも、できれば他の季節にも来てもらえるとありがたいんだよな。

特に、今以上に旅人が減る冬場とかさ。

例えば、女神様にお願いして少しだけ村の人たちの前に出てもらって、フラン村を「女神アルテナ様降臨の地」みたいな場所にするとか？

……う～ん、やっぱりやめとこう。

缶チューハイ片手にした寝不足駄女神様の姿を見たら、１０００年の信仰心も冷めちゃうだろうし。

「旅人を誘致するなら、食べ物だな」

今度は、頭の上からシロンの声。

「高級羊肉をたくさん食べられる村だったら、ずっと滞在してやってもいいぞ」

「どんだけお金がかかるのさ、それ……」

高級羊肉を取り寄せるだけで村が破産しちゃうよ。

「サティアさん、フラン村って以前から旅人が少なかったんですか？」

「聞いた話だと十数年くらい前はもっと賑わっていたみたい。そこの広場に旅人とか行商人が大勢いたんだって。島の外からやって来る人も多かったらしいわ」

「へぇ、そうだったんですね」

全然想像できないけど。

でも、村の広場がかなりの広さなのはそういう理由があったからなんだな。

「彼らは一体何を求めて村に？」

「特産品だよ」

「……特産品？」

「うん。以前はフラン村でしか収穫できない希少な野菜があったんだよ。それを買い付けに来る商人が多かったってわけ」

「そんなものがあったんですね」

初耳だ。

「ヒビキ様は知らなくて当然だよ。瘴気のせいで苗に至るまで全滅しちゃったからね」

「なんていう野菜なんです？」

「黄金トマト。別名、フラントマト。実の色が赤じゃなくて本当に黄金色に輝いてるトマトなんだ。ちなみに伝説上のモンスター、ドラゴンの大好物だって逸話もある」

サティアさんが言うには、その派手な見た目から大陸の貴族たちがこぞって買い付けていたらしい。

さらに、甘みが多分に含まれていて、果物としても食べられるという。

なるほど。確かに味と見栄えにこだわる貴族たちが好きそうなトマトだ。

「う～む。黄金トマトか……」

瘴気によって苗まで全滅したと言っていたけど、瘴気の浄化は済んだわけだし、もう一度黄金トマトを育てることはできないのかな？

もし、その黄金トマトが復活できたら、十数年前と同じくらいの商人さんたちがやって来るはずだし。

そうなったら、いろいろな問題が解決する。

調べてみる価値はあるかもしれない。

よし、ラライティナさんに詳しく聞いてみるか。

＊＊＊

「……なるほど。黄金トマトか」

庭で弓の練習をしていたラライティナさんに相談をしてみた。

「確かに黄金トマトが再び実をつけるようになったら、以前のようにフラン村に商人や旅人が訪れることになるだろうな」

僕のアイデアに賛同してくれているようなセリフだったけど、その表情には陰りが見えている。

「何か問題がありますか？」

「……ん？　あ、いや、問題というか、その話はすでに進めていてな」

「え？　本当ですか？」

「ああ。先日、瘴気が浄化されたときに村の種苗家に黄金トマトの育苗をお願いしたのだ。だが……あまりいい成果が出ていなくてな」

３ヶ月前に種苗家、つまりフラン村で使う種苗を管理している家に依頼を出して、黄金トマトの育苗を再開させたらしい。

だが、結果は失敗。

残された黄金トマトの種を使って苗を育てようとしているみたいなんだけど、10の苗全てが枯れてしまったんだとか。

どうやら黄金トマトは土の変化に敏感で、育成が難しいらしい。

他の作物は育つようになっているけど、土に残っている微細な瘴気の影響を受けちゃっているのかもしれないな。

トマトは元々病気に弱いって聞くしね。

ううむ。僕の【安眠】スキルで【浄化】は発動しているはずだけど、完全に瘴気を浄化するのは無理なのかな？

「……あ、もしかして、効果が足りないとか？」

快眠度１００で発動している【浄化】は「小」だ。

一番低い効果だし、完全に瘴気を浄化しきれていないのかもしれない。

「てことは、快眠度を上げればいけるか……」

「ん？　快眠度？」

ラティナさんが首を捻る。

「はい。今の快眠度で発動している【浄化（小）】で効果が足りないなら、もっと高い快眠度を出して【浄化（中）】以上の効果を出すことができれば、黄金トマトが育つ土壌になるかもしれないなと」

「おお、なるほど！」

とはいえ、どうやって今以上の快眠度を出せばいいのかはわからないけど。

ララティナさんに取り寄せてもらっている枕が届けば期待できるけど、それ以外の安眠方法を試してみる必要がありそうだ。

「安眠に必要なのは、適度な運動と栄養価の高い食事……ですよね？」

「と聞くが、今のところ、そのふたつに申し分はないと思うぞ？」

「そうですよね」

適度な運動はモンスター狩りや冒険者の仕事でやっているし、栄養価の高い食べ物はララティナさんの料理で取れている。

となると、もっと別の分野かな？

「ねぇ、シロン。安眠に必要なものって他に何かあるかな？」

「ふむ。例えば適度な湿度は大事だぞ？」

「え？　そうなの？」

びっくりした。

何気なしに聞いてみたけど、意外とそれっぽい回答がきたな。

「うむ。一番睡眠にいいのは温度が23度で、湿度は50％ほどにキープすることだ。湿度が低すぎると喉が乾燥して寝苦しくなるし、ウイルスが繁殖しやすくなる。逆に高すぎるとダニやカビが発生するので注意が必要だ」

「……シロンって実は現代人だった？」

幸せそうな可愛い顔して、ダニやカビとかやけに詳しすぎじゃない？

そのモフモフ毛並みを維持するのに必要なのかもしれないけどさ。

「他に重要なものといえば――香りだな」

「香り？　アロマ的な？」

「そうだ。リラックスできるものであればなおいい。ラベンダーやカモミール、白檀《びゃくだん》や沈香《じんこう》もおすすめだ」

「……」

やっぱりすごく詳しい。

本当にシロンも現代世界から転生してきたのかもしれない。

でも、アロマか。

確かにリラックスできる香りがあれば、快眠度は上がるかもしれないな。

この世界にそんなものがあるのかはわからないけど。

「う～ん、白檀に沈香かぁ……」

「ん？　どうした？」

「シロンが言うには、そのふたつが安眠にいいらしくて」

「白檀に沈香といえばお香だな。懐かしい」

「え？　ララティナさん、知ってるんですか？」

「ああ。何度か亡き母にプレゼントしたことがある。すごく喜ばれた」

なんでも、リラックスできるお香はフラン村の娯楽のひとつらしい。

誕生日などにプレゼントすると喜ばれるのだとか。

「作り方は簡単だぞ。タブの木の樹皮を粉末にした『タブ粉』と樹脂や枯葉を混ぜてコーン状にするだけだからな」

「へぇ、そうなんですね」

お香なんて使ったこともなければ作ったこともないけど、簡単だというのならチャレンジしてみてもいいかもしれないな。

「お香の素材ってどこで手に入るんでしょう？　雑貨屋さん？」

「素材は村の周辺で採れるぞ。一番いいのは北のフランマ森林だな。あそこにはナラの木やトウシキミが多くある。探せばすぐに素材が見つかるだろう」

森か。確かに天然の素材がたくさん落ちているかもしれないけど、危険なモンスターも多そうだな。

「作るのなら私も手伝うぞ？」

「本当ですか？」

「ああ、久しぶりに作りたくなってきたからな」

キラキラと目を輝かせるラティナさん。

料理も手の込んだものを作ってるし、ラティナさんって本当にもの作りが好きなんだな。

「では、手分けして集めてみましょう。僕が森で香草関係を集めますので、ラティナさんはタブ粉をお願いします」

「わかった。タブの木は薪《たきぎ》としても使っているものだからな。資材置き場に行けば腐る程ある。そっちの準備は任せてくれ」

なんとも頼もしい。

そうして快眠度を上げるための特製お香づくりがスタートした。

＊＊＊

村を出発して向かったのは、村の北にある森。

フランマ森林と呼ばれる森で、島の4分の1ほどの広さがあるのだとか。

シロンと出会った森も、このフランマ森林の一部らしい。

そんなフランマ森林で探すお香の素材は「精霊核」や「大茴香《だいういきょう》」などの香木と木の実。

それに、オークモスを代表とした苔と「水金草」と呼ばれる水苔などだ。

精霊核というのは初めて聞く名前だったけど、どうやら「精霊核樹」という大高木の樹脂が結晶化したものらしい。

なんでも精霊の核……つまり心臓と呼ばれるくらいにすごく貴重なもので、幹の中で樹脂が結晶化したものが精霊核と呼ばれるんだとか。

現実世界にもある「龍脳《りゅうのう》」に似た香木なのかな？

精霊核樹を見つけたら幹を割ってみると意外と見つかると教えてもらったので、手当たり次第に割ってみるつもりだ。

大茴香はトウシキミの実を乾燥させたもので、8つの角がある星形をしている。こっちはそこまで珍しいものではなく、北の森でよく見かけるみたい。

まぁ、時間はかかるかもしれないけど、なんとかなるだろう。

ただ、問題は水苔だ。

オークモスはナラの木の表面に付くらしいけど、水金草という水苔は水の中に潜って採るしかない。

森の中にある湖で探せば見つかるって言ってたけど、水の中で長時間探しものをするには酸素ボンベみたいなものが必要になるよね。

でも、そんなものはこの世界にはないし。

「……とりあえず、香木から探してみるか」

森に到着した僕は、ひとまず精霊核樹を探してみることにした。

ラティナさんに教えてもらった情報によると、精霊核樹の特徴として「葉っぱがお互いに接触しないように成長する」らしい。

つまり、葉っぱ同士に隙間が開いているため、まるで空が割れているように見えるんだとか。

そんなもの見たことないし、発見できたらすぐわかるよね。

ということで、上を見ながら歩くこと30分ほど。

本当に空に亀裂が入っているように、わずかな隙間を作って葉っぱが広がっている樹木を発見した。

これってどう表現すればいいんだろ。

空に細い川が広がっている……っていうのが一番わかりやすいかな？

なんにしても、多分これが精霊核樹だろう。

早速、幹に剣を突き刺して割ってみたが、特に結晶らしきものは出てこない。

珍しい結晶だって言ってたし、そう簡単には見つからないか。

手当たり次第に幹を切って周りたいところだけど――。

「すんごく時間がかかりそうだよね……」

ざっと見た限り、辺りにある全部の木が精霊核樹っぽいし。

この中から当たりを引くなんて、宝くじレベルじゃない？

どうにかして当たりを見分けることができないかな？

「あ、そうだ。シロンの鼻でどうにかならない？」

「む？　吾輩の鼻？」

くうん？　とシロンが頭の上から僕の顔を見下ろしてくる。

「うん。木の中に精霊核ができてたら、独特のニオイがすると思うからさ」

「なるほど、そういうことか」

任せろと言わんばかりにすたっとシロンが頭の上から降りてくる。

「つまり、この中から変なニオイがする木を見つければよいということだな」

「言い方が最悪だけどそういうことだね」

変じゃなくていい匂いだと思うよ。

だって、お香に使うくらいだもん。

そうして、シロンの鼻を頼りに「当たり」の木を探すことになった。

クンクンと鼻を鳴らすシロンは、すぐに1本の木の前で足を止める。

「これ切れワンワン」

「花咲かじいさんのシロかよ」

つい突っ込んでしまった。

そんなシロンに促されるまま木の幹に剣を刺してみたところ、切り口から白い結晶がボロボロっと出てきた。

同時にどこか懐かしい、清涼感のある香りがふわりと漂ってくる。

おお、これが精霊核の香りか。

なんだか優雅な感じがするな。

早速、精霊核を袋の中に入れる。

よしよし。一番レアなやつをこんなに簡単に見つけるなんて幸先がいいね。

「シロンのおかげだ」

「高級羊肉でいいぞ」

「考えとく」

続けて８つの角がある星形の大茴香を探すことにした。

見つけづらい精霊核がこんなに簡単に見つかったんだから、大茴香も簡単に手に入りそうだ。

――なんて考えていたら、大量に落ちていた。

これで2種類目の素材ゲット。

順調、順調。

「わ、湖だ」

しばらく歩いていると、開けた場所にやって来た。

陥没した地形に雨水が貯まったのか、大きな湖になっている。

水は透き通っていて、木々の隙間から差し込む陽の光がキラキラと反射していて綺麗だ。

湖の周りに苔がついている木もたくさんあるし、ここでオークモスと水金草を見つけることができるかもしれないな。

でも、どうやって水の中に潜ろう？

そんなに深くなさそうだし、息継ぎしながら探せるかな？

「ヒビキ」

前を歩くシロンがピタリと足を止めた。

「どうしたの？」

「ウンディーネだ」

「……え？　ウン？」

シロンが顔を向けている先に視線を送ると、湖の真ん中辺りにふわふわと何かが浮いているのが見えた。

あれは水の塊？

透き通った水玉で、ぐねぐねと動いている。

スライムと似ているけど、より水っぽいというか。

「ウンディーネはスライムの亜種だ。別名ウォータースライムという」

「あ、やっぱり」

そうじゃないかと思ってたんだよね。

「てことはモンスターか」

「スライムだと侮《あなど》るな。水属性の魔術を使ってくる」

「ありがとう。モンスターに遭遇するのは想定してたし、問題ないよ」

水金草を探すにしても危険なモンスターは排除しておいたほうがいいよね。

ウンディーネに向かって【ファイアボール】を使おうかと思ったけど、思いとどまった。周りの木々に燃え移っちゃったら大惨事になりそうだし。

使うなら【サンダーボルト】のほうがいいかな？

「……いくよ！　【サンダーボルト】！」

ウンディーネに向けた僕の手のひらから、雷《いかづち》が放たれた。

瞬間、ウンディーネの体がボンと破裂し、霧散する。

「やった！　１発で仕留められたぞ！」

びっくりだけど、いい感じ。

これなら何匹来ても余裕だね——なんて思っていたら、湖の中から、次々とウンディーネが飛び出してきた。

うわわ、ちょっと数が多くない？

「でも、何匹来ても問題ないよっ！」

連続して【サンダーボルト】を発動させる。

次々と湖の上で蒸発していくウンディーネだったが、その中の１匹がこちらに向けて水の玉を放ってきた。

僕も覚えている魔術の【ウォーターボール】だと思って、さっと避けたんだけど――。

「……っ⁉」

その水の玉は、ぎゅんと急カーブして僕の顔面に衝突してきた。

「ヒ、ヒビキ！」

「がぼがぼがぼっ……」

水の塊は僕の顔から離れることなく、まとわりついてくる。

これは魔術じゃない。

「ヒビキ！　そいつはウンディーネの分身だ！　早く倒せ！」

「……ごぼぼ」

咄嗟に魔術を放とうとしたけれど、留まった。

この距離で魔術を使ったら、僕までダメージを受けてしまう。

手で剥ぎ取ろうとしたけれど、指がウンディーネを貫通してしまった。剣で突き刺そうとしても結果は同じ。

マズい。このままじゃ窒息してしまう。

と思ったけど。

「ごぼ？」

なんだろう。

焦って気づかなかったけど、全然苦しくない。

息を止めてるのに、呼吸している感覚があるっていうか。

そうしていると、ウンディーネの分身効果が切れたのか、顔の周りにまとわりついていた水の塊が突然パシャっと破裂した。

「ヒビキ！　大丈夫か⁉」

「う、うん。全然平気。ありがとう」

慌てて駆け寄ってくるシロンの頭を撫でる。

シロンはきっとすごく心配してくれているんだろうけど、元々が幸せそうな顔なので緊張感があまりない。

うん。可愛い。

でも、どういうことだろう。

どうして水の塊にまとわりつかれていたのに、苦しくなかったんだ？

「もしかして、【安眠】の効果とか？」

考えられるのはそれしかない。

今日は過去最高の快眠度110だったけど、オフ日だったからステータスを確認していなかったんだよね。ちょっと見てみるか。

名前：ウスイ・ヒビキ
レベル：45
ＨＰ：２２００／２２００
ＭＰ：１０９／１１５
攻撃力：57
防御力：49
所持重量：１７０
熟練度：片手剣／45
スキル：【安眠】【翻訳】【スラッシュブレイド】【ポイズンゲイル】【アイアンスキン】
魔術：【ファイアボール】【アクアボール】【サンダーボルト】
称号：【女神アルテナの化身】
状態：【打撃耐性（半減）】【斬撃耐性（半減）】【水属性耐性（半減）】【火属性耐性（半減）】【浄化（小）】【毒耐性（無効）】【疲労耐性（無効）】【取得経験値増加（中）】【水中呼吸（中）】

「……あ、これか」

最後にある【水中呼吸】ってやつだ。これのおかげで水の塊の中でも呼吸ができたってわけか。

というか、他にも知らない効果があるな。

斬撃耐性っていうのも初めて見る。

打撃耐性に斬撃耐性ときたら、魔術耐性みたいなものもあるのかな？

「……ガウッ！」

と、突然シロンの鳴き声が響いた。

どうしたんだと思ってシロンを見ると、ふわふわの毛並みが水浸しになっている。

「ど、どうしたのシロン⁉」

「ウンディーネだ。どうやら最後の1匹らしい。吾輩が仕留めた」

ブルブルと体を震わせるシロン。

ああ、多分、僕に水の玉を投げてきたやつだな。

完全に油断してた。

「ありがとうシロン。簡単にウンディーネをやっつけるなんて、シロンも強かったんだね」

「まぁな。ウンディーネ程度の相手なら、吾輩でも問題ない」

余裕の雰囲気で鼻を鳴らすシロンだったが、嬉しそうに尻尾が揺れている。

シロンってば、可愛いんだから。

ウンディーネを一掃したところで、残りの素材を探すことにした。

水の中でどうやって探そうかと考えていたけど【水中呼吸】の効果があるなら、水の中でもゆっくりと探索できるよね。

というか、今日に限って【水中呼吸】の効果が発動するって、ちょっと都合が良すぎないかな？

もしかして女神アルテナ様が融通してくれたとか？

だとしたら、感謝しておかないとね。

僕は両手を組んで、天に向かって感謝の言葉を捧げる。

本当にありがとうございます。

アル中の駄女神様。

＊＊＊

「ただいま」

「おお、ヒビキ。帰ってきたか」

素材を集めてフラン村へと戻ってくると、ラティナさんがすり鉢で何かを練っていた。

「それって何をやっているんですか？」

「タブ粉を練っているところなのだ」

「ああ、それがお香の元になるやつですね」

ラティナさんが言うには、タブの木の皮を粉末状にして水と混ぜると糊のような粘り気が出てくるらしい。ここに僕が採ってきた素材を混ぜて、コーン状にしていくってわけだ。

森から採ってきた素材をラティナさんに渡す。

精霊核に大茴香、オークモス、水金草。

「さすがはヒビキだ。全部揃っているじゃないか」

「精霊核に時間がかかると思ったんですが、シロンの鼻のおかげですぐ見つかったんです」

「すごいなシロン。お手柄だ」

ラティナさんが頭の上のシロンをナデナデする。

ワフンと上機嫌な声が聞こえた。

「よし。それでは少し待っていてくれ。生地を完成させる」

ラティナさんは新しいすり鉢を用意すると、僕が持ってきた素材を入れてすり潰し、粉状にしていく。

細かい粉になったところで、それをタブ粉に入れて水を足してふたたび練っていく。

「あ、いい香りがしてきましたね」

「もう少しで完成なのだが、ここから少し難しくなる。タブ粉の分量を微調整する必要があるのだ。粉が多いほど形成しやすく燃えやすいが、香りが薄くなる」

すごく難しそうだけど、感覚で覚えているらしい。

さすがは経験者だなぁ。

じっくりとすりこぎで練りながら、少しずつ水を加えていく。

水分を吸収してもらうために布を下に敷き、コーン状に成形する。

そして、そのまま風通しのいい窓のそばに置いて、１日くらい乾燥させたらお香の完成だ。

翌日、様子を見てみると色が薄く変化していた。

早速、その晩にお香を焚いてみることにした。

火がつきやすい一番乾燥しているものをチョイスし、ベッドのそばに置いた石の上に設置。

火をつけてから、ベッドの中に潜り込んだ。

「ふむ、ニオイがしてきたな」

布団の中に一緒に潜っているシロンが鼻をスンスンと鳴らす。

だけどまだ人間の鼻ではよくわからないな。

しばらく待っていたら香《かお》ってくると思うけど――。

「……あ、いい香りがしてきた」

「そうだな。懐かしい香りだ」

隣から声がした。

一緒にベッドに横になっているラティナさんだ。

「私は特に大茴香の香りが好きでな。亡き母がよく焚いてくれたのだ」

「そ、そうなんですね」

「む？　そんな端っこにいるとベッドから落ちてしまうではないか。ほら、もっとこっちに来いヒビキ。何なら私の上に乗ってもらっても――」

「こっ、こ、こ、これ以上は大丈夫です！」

これ以上くっつくと、僕の心臓がヤバいというか！

というか、上に乗ってってってどういうことですか⁉

今日はお香を一緒に楽しみたいと、ひとつのベッドで寝ることになったんだけど、ドキドキしっぱなしでラティナさんの話が頭に入ってこない。

心を落ち着けようと目を閉じて、漂うお香を楽しむことにした。

スッとする清涼感の中に、ほのかに甘さを感じる。

大自然を感じる深みもあって、ラティナさんが言う通り、すごく落ち着く香りだ。

ふと気づくと、シロンとラティナさんが寝息を立てていた。

それを見て、笑顔が溢れる。

うん。これならきっと、良い快眠度が出せるような気がする。

＊＊＊

《今回の快眠度は「360」です》

「……んがっ？」

翌朝。

僕は突然聞こえた無機質な女性の声に起こされてしまった。

う～んと伸びをして当たりを見渡す。

シロンはまだベッドの中で丸くなっているけれど、ラティナさんの姿がない。

スンスンと鼻を鳴らしてみると、かすかに美味しそうな匂いがする。多分、キッチンで朝ごはんを作っているのだろう。

「というか、今、快眠度360って言った？」

聞き間違いじゃないよね？

だったら、過去最高の数値を叩き出したことになるけど。

ステータス画面を開いてみる。

名前：ウスイ・ヒビキ
レベル：45
HP：2200／2200
MP：115／115
攻撃力：57
防御力：49
所持重量：270
熟練度：片手剣／45
スキル：【安眠】【翻訳】【スラッシュブレイド】【ポイズンゲイル】【アイアンスキン】
魔術：【ファイアボール】【アクアボール】【サンダーボルト】
称号：【女神アルテナの化身】

状態：【打撃耐性（無効）】【斬撃耐性（半減）】【水属性耐性（無効）】【火属性耐性（半減）】【風属性耐性（半減）】【土属性耐性（半減）】【浄化（大）】【毒耐性（無効）】【疲労耐性（無効）】【麻痺耐性（無効）】【取得経験値増加（中）】【所持重量上昇（中）】

おお、すごい。

いまだかつてないほどヤバい効果が発動してる。

やっぱり相当高い快眠度が出たみたいだな。

打撃と水属性が無効になってるし、毒、疲労、麻痺も効かなくなってる。

さらに【浄化（大）】が発動してるな。

これだったらフラン村に残った瘴気も、完全に浄化できているはずだよね？

黄金トマトの苗を育てている種苗家さんのところに行ったら、変化が確認できるかもしれないな。

というわけで、ありがたく朝ごはんを食べてから、ラティナさんとシロンと一緒に、村の種苗家のところに行ってみることにした。

種苗家はラムヒルさんという人らしい。

ララティナさんの祖父の代からフラン村で植付けする作物の種や苗を管理してもらっているのだとか。

そんなラムヒルさん宅の庭には室温管理ができる小屋があって、そこで様々な苗を育てているみたい。

その温室小屋をノックしてみたんだけど——。

「……うわっ⁉」

ノックすると同時に扉が開け放たれ、小柄の男性が飛び出してきた。

若々しい見た目だけど、白髪交じりの髪の毛を見る限り、年齢は40代くらいだろうか。

「おお、ヒビキ様！　ララティナ様！」

「どうしたのだ、ラムヒル？　そんなに慌てて」

「今からおふたりを呼びに行こうと思っていたところなんです！　これを見てください！」

ラムヒルさんは、興奮気味にひとつの苗を僕たちに見せてくれた。

「え？　これって……」

「そうですよヒビキ様！　黄金トマトの芽です！」

ラムヒルさんが手にしていた小さな鉢植えの真ん中に、可愛い芽がピョコッと顔を覗かせていた。

「なんだとっ⁉　ほ、本当か⁉　黄金トマトの発芽に成功したのか⁉」

「そうなんですよ、ララティナ様！　今朝、温室を見たら全ての鉢植えに芽が出ていて」

「し、信じられん……」

その光景にララティナさんも言葉を失っている様子だった。

ずらりと並ぶ鉢植えに可愛い黄金色の芽が出ている。

これはすごいな。【安眠】スキルで【浄化（大）】の効果が出たのはついさっきなのに、目に見えて変化が出ているなんて。

「しかし、どうして芽が出てきたのか、私には皆目見当もつかず……」

「ヒビキのおかげだ」

ララティィナさんが僕の背中をポンと叩く。

「彼が村の土から完全に瘴気を浄化してくれたのだ」

「浄化⁉　ほ、本当なのですか⁉　ヒビキ様⁉」

「あ、ええっと……僕のスキルで土壌を完全に浄化できたのは事実ですが、ララティィナさんが作ってくれたお香のおかげですし……」

「立役者のキミが何を言っているんだ」

ララティィナさんは呆れたような笑顔を覗かせて続ける。

「こうして黄金トマトが復活できたのはヒビキの力があったからだ。キミがいなかったら、黄金トマトを見られるのは歴史書の中だけになっていただろう。黄金トマトの復活は亡き父の悲願だったのだ。父に代わってお礼を言わせてもらうよ。ありがとう、ヒビキ」

「ラ、ララティィナさん……」

その瞳には、うっすらと光るものがあった。

黄金トマトはフラン村の特産品だと言っていたし、村の未来のためにも復活させるのは村の人たち全員の悲願だったんだろうな。

フラン村の領主の役割を与えられて、村のみんなの力になろうと頑張ってきたけれど……長年の夢を叶えることができたのなら、これ以上の喜びはない。

だけど、ここで安心するわけにもいかないよね。

芽が出たけど育苗に失敗しました、じゃ目も当てられないし。

「大丈夫ですよ。子供の頃から父親に黄金トマトの育苗は叩き込まれましたから」

どうやらラムヒルさんは数少ない黄金トマトの育苗経験者らしい。

黄金トマトの苗はしばらくここで育てて、受粉させて花が付き始めた頃に畑に植え替えるみたい。

トマトは温度管理がしっかりしていないと受粉が難しいんだとか。

だけど、苗が準備できれば栽培の半分以上成功したようなものだとラムヒルさんは笑っていた。

お香の制作もそうだったけど、経験者の存在って本当に心強いよね。

この苗全部に花がついたら、黄金色に輝く宝石のようなトマトがフラン村中で見られるに違いない。

これは今から楽しみだ。

＊＊＊

その日の晩、またお香を焚いてぐっすり寝ていたのだけれど、誰かに頬をプニプニされて起こされた。

シロンかラランティナさんかなと思って瞼《まぶた》を開けた僕の目に映ったのは、ピンクの髪をした美しいドレスの女性。

駄女神様——もとい、女神アルテナ様だ。

「見て見て、ヒビキちゃん。この顔」

そんな駄女神様は自慢げに自分の顔を指さす。

「……何ですか女神様。相変わらずお美しいですね？」

「養豚場の豚を見るような目で言うセリフじゃない気がするんだけど？」

大丈夫です。

気のせいじゃなくて、そういう目をしている自覚はありますから。

だって、真夜中だし。

気持ちよく寝ている最中だったし。

無理やり起こされて「私の綺麗な顔を見て」なんて言われたら、誰だってそういう目になるでしょう。

そもそもの話、あなたのために安眠してるのに叩き起こすって、本末転倒すぎやしませんか？

「てか、女子の変化に気づかないなんて鈍感すぎない？　そんなんじゃラティナちゃんに愛想を尽かされちゃうよ？」

「余計なお世話ですよ。というか、こんな真夜中に一体何を自慢しに——あれ？　少し肌にツヤが戻りました？」

よくよく見ると、ガサガサだった肌がぷりぷりになっているような気がする。

乳液、変えました？

「あ？　わかっちゃった？　あららら？　わかっちゃったかぁ」

ドヤ顔の駄女神様。

顔がうるさい。

「実はそうなのよ。あたしのサーチュイン遺伝子が、やっと本気を出してきたみたいでさ」

「サチュ？」

何ですかそのサーなんとかって。

難しい言葉を使って頭いいアピールですか？

「少しずつ寝不足が解消してきてるみたいでさ。全部ヒビキちゃんのおかげだよ。だってほら、最近いい感じで安眠できてるみたいじゃん？　うんうん、良きかな良きかな」

「ああ、そういうことですか」

サチュなんとかはよくわからないけど、寝不足が解消されてきたから肌艶が良くなってきたわけか。

確かに目の下の隈も少し消えてきている気がする。

ここのところ、高い快眠度が出てるおかげだね。

黄金トマトの復活の兆しも見えたし、いいことづくしってわけだ。

ぐっすり寝て褒められる人なんて、赤ちゃん以外では僕だけだと思うけど。

「わざわざお礼を言いに来てくれたんですね。ありがとうございます」

「え？　いやいや、逆だよ逆」

「……逆？」

って、何？

まさか美しくなった自分を褒めろって言いたいの？　冗談でしょ？

「ヒビキちゃんにもう少し快眠度を上げてもらおうかと思って、発破をかけに来たんだよ」

「昨晩、３６０くらい快眠度を出したんですが足りないんですか？」

「ほら、あたしの仕事って激務＆超ストレスでしょ？　だから快眠度３６０でも利息分くらいしか消えてなくてさ」

「……いや、一体どんだけ睡眠の前借りしてるんですか」

闇金レベルの利息じゃないですかそれ？

「そこまで酷いのなら、睡眠を削る前に仕事量を削ったほうがいいんじゃないですか？」

「減らせるならとっくに減らしてるし」

苦笑いの駄女神様。

返す言葉を失ってしまった。

言うのは簡単だけど実行するのは難しいってのは、僕もよくわかる。

実際問題、僕も過労死してこの世界に転生してきたわけだからね。

仕事を減らした分は誰かがやらないといけなくなるから罪悪感が芽生えちゃうし、本末転倒だけど仕事が減ると不安になったりもする。

まぁ、そういう精神状態が正常じゃないんだろうけどさ。

「それに、快眠度を上げることはヒビキちゃんにとってもメリットがあるよ」

「メリット？　現状の快眠度でフラン村近辺のモンスターは問題なく狩れてますし、これ以上はあまりメリットがないように思えますけど？」

「今は、ね」

神妙な面持ちで駄女神様は続ける。

「この世界の創造主たるあたしが言うのもアレなんだけど、瘴気問題はすんごく根深いんだ。現状のフラン村の瘴気は中和できてるけど、いつもっと強力な瘴気に襲われるとも限らないからさ」

「……まぁ、そうですね」

確かにその通りかもしれない。

瘴気の原因が特定されていない以上、より濃度が高い瘴気が発生する可能性は否定できない。

そうなったら、フラン村は僕が来る前に逆戻りだ。

作物があまり育たなくなって、せっかく発芽した黄金トマトも全滅してしまう。

将来のために、高い快眠度を出す方法を探しておく必要があるかもしれない。

でも、どうやって？

お香は試したばかりだし、他に何か方法があるのかな？

「わざわざこうして姿を見せてくれたことを考えると、快眠度を上げるいい方法を知ってるんですか？」

「まぁね。はいこれ」

そう言って、駄女神様は僕に何かを手渡してきた。

「何ですかこれ」

「リラックスアイマスク&シルク製の保湿マスクだよ。ネットショップ『Mamazon』で安眠グッズランキング1位と2位のやつ」

「神様らしからぬ、俗っぽいプレゼントありがとうございます」

明らかに現代の安眠グッズじゃないですか。

しかも、現代だったら安眠できそうだけど、こっちの世界じゃあまり意味がなさそうだし。

フラン村の夜って真っ暗だし、村のそばを流れている川のおかげで湿度もいい感じに保たれているんだよね。

……まぁ、ありがたく頂戴しますけど。

「他に何かありますかね?」

「ん～、あとは、ありきたりだけど栄養バランスじゃない?」

駄女神様が指を鳴らすと、僕の目の前に半透明の板のようなものが現れた。

五角形のグラフが表示されているステータス画面だ。

表示されているのは脂質、炭水化物、ビタミン、ミネラル、タンパク質の5項目。

ああ、これって栄養バランスのグラフか。

というか、こんなものまで視覚化できるんだね。

「これってヒビキちゃんの食生活グラフなんだけど、ほら、ひとつだけ極端に少ないのがあるでしょ？」

「あ、本当だ。ビタミンですね」

「そ。普通は野菜で取るもんなんだけど、フラン村に来てからあんまり栄養価の高いもの口にしてないでしょ？」

「そういえばそうですね……」

フラン村で野菜が育たなかったせいで新鮮な野菜はしばらく食べていない。

もうすぐ収穫できるものがあるけれど、僕たちの口に運ばれる前にほとんどが税として国に運ばれちゃうし。

だから、食べられても酢漬けなどの保存食ばかり。

ラティナさんが美味しく料理してくれているので不満はないけれど、栄養価まではどうしようもないか。

「つまり、ヒビキちゃんの栄養バランスの偏りを解決するには、高ビタミンの野菜を食べる必要があるってわけ」

「高ビタミンの野菜――」

「――と言えば、黄金トマトだな」

食い気味にかぶせてきたのは、僕のお腹の上で丸くなっているシロンだ。

いつの間に起きたのか、くあああっと大きなあくびをする。

「長年の悲願だった発芽に成功したのだ。そのうち美味しくいただくことができるだろう？」

「え？　黄金トマト？」

駄女神様が食いついてきた。

「へぇ、すごいじゃない。絶滅しかけてた黄金トマトを復活させるなんて、ヒビキちゃんってば、超絶できる子だったんだね」

「そ、それほどではありませんよ」

素直に褒められて照れてしまった。

だけど、黄金トマトなら足りない栄養素を補うことができそうだよね。

「近々、苗の植え替えをやるし、お手伝いしてもいいかもね。安眠に必要な『適度な運動』のためにもさ」

「そうだな。では、吾輩も手伝ってやろう」

「ほんと？」

「ああ。黄金トマトとやらに興味が出てきたからな」

ワフンと嬉しそうに鳴くシロン。

果物みたいに甘いっていうし、シロンの口にも合いそうだ。

「じゃあ、完成したらあたしにも頂戴ね？」

「え？　女神様って、トマトが好きだったんですか？」

「うん。超好き大好き。ほら、ブラッティメアリーとか、ほろ酔いするにはちょうどいいじゃない？」

「いや、お酒かい」

ブラッディメアリーって、確かウォッカをトマトジュースで割ったカクテルだっけ。お酒はあまり飲まなかったけど、付き合いでバーに行ったとき何度か頼んだことがあるんだよね。

しかし、絶滅しかけていた幻のトマトを復活させようっていうのに、何よりもまずお酒を連想するなんて。

この人ってば、本当に駄女神だなぁ。

＊＊＊

朝起きて、僕は黄金トマトの苗の植え替え準備を手伝うことにした。

――といっても、まだ苗は畑に植え替えられるほど育っていないので、畑の下準備をするだけだけど。

休耕地にしている場所を開墾して黄金トマト用の畑にする必要がある。なので、耕起したり肥料を撒いたりと、やることがたくさんあるのだ。

「……手伝ってもらうのはありがたいのだが、本当にいいのか？」

朝ごはんを作りながら、ラティナさんが心配そうに尋ねてきた。

肉が焼けるいい匂いがする。

パンもあるみたいだし、今日は豚肉のサンドイッチかな？

「もちろんです。そういうのは得意分野なので」

「得意分野か。確かにヒビキは【安眠】スキルで肉体労働を難なくこなせるしな」

今日も高い快眠度が出てるし、【疲労耐性（無効）】のおかげでほぼエンドレスで開墾作業ができる。

まぁ、シロンの【広域化】が発動しているだろうから、ラティナさんにも同じ効果が出てるだろうけど。

「わかった。人手不足だし、ヒビキに開墾作業をお願いしよう。できれば私も手伝いたいところなのだが……」

「気にしないでください。ラティナさんにも大切な仕事がありますからね」

今日のラティナさんは輸入する燃料の交渉を行商人とやってから、納税量について国の役人と会合をするらしい。

本当はそういう場所に僕も出ないといけないんだけど、今はまだラティナさんにお願いしている。

詳しくはわからないんだけど、僕が領主になったことを国が認可しないといけないんだとか。

だから他の部分でラティナさんに協力しないとね。

というわけで朝食を軽く済ませ、シロンと休耕地になっている南東側の区画へと向かった。

農地にはすでに村の人たちがいて、牛に何やら農具を取り付けている。

あれを使って耕起するのかな？

フラン村の住人40人のうち、農作業をやっているのは20名ほどだって言っていたっけ。

少ない人手を補うために、ああいう農具がないと大変なんだろうな。

「……えっ、開墾作業を手伝ってくれるのですか？」

シロンと耕起作業を手伝うことを伝えると、目を丸くされた。

「だ、大丈夫なので？」

「はい。こう見えて肉体労働は得意なんですよ」

「あ、いや、ヒビキ様がすごい力をお持ちなのはわかっているのですが、畑仕事まで手伝っていただけるなんて……」

「最近はモンスターも少なくなってきましたからね。開墾作業でエネルギーを使わせていただきますよ」

「なるほど、そういうことなんですね」

村の人がホッとした顔を浮かべる。

「いやぁ、ありがたい。人手不足なので助かりますよ」

それが本音なんだろうな。

この区画を全部開墾するってなると、相当大変そうだからな。

よし、ここは全力でやっちゃいますか。

鍬を片手に気合を入れる。

ど、僕は地道にやっていきましょうかね。


「……あれ？　鋤返《すき》しや家畜は使わないんですか？」

「ええ。ちょっと運動もしたいので、鍬ひとつでやろうかなと」

「ほ、本当ですか？」

どうやら牛や馬に犂《すき》を引かせて畑を耕すのが一般的みたいで、びっくりした顔をされてしまった。

動物の力を借りれば一気に区画を耕すことができるんだろうけど、僕は地道にやっていきましょうかね。


なにせこっちには【安眠】スキルで発動した【疲労耐性（無効）】があるんだ。

ここで村の人たちと一旦別れ、別々の区画を開墾していくことにした。

「……よし、とりあえずシロンは頭の上で休んでてよ。後で手伝ってもらうことがあるかもだから」

「うむ。承知した」

というわけでシロンを頭に乗せたまま、土に鍬を入れていく。

畑作業なんてやったことはないので、最初は上手くいかなかったけどすぐに慣れてきた。

鍬を入れてすくい取るように地面から土を出して、混ぜる。

コツは力を使って鍬を振り下ろすんじゃなくて、鍬の重みを利用すること……かな？

スキルのおかげで疲れたりはしないけど、力でやるよりもずっと楽に耕すことができたんだよね。

念入りに土を耕した後、肥料を撒いてからよくなじませる。

フラン村の土は「マール」と呼ばれる肥沃《ひよく》な泥炭土《でいたんど》らしいので、動物の糞を使った肥料を撒くだけで大丈夫みたい。

僕が渡されたのは馬糞なんだけど、馬が食べた藁《わら》が混ざっているから肥料としては一級品なんだとか。

ちょっと臭いけど。

「ヒビキ、そろそろ吾輩にも手伝わせてくれ」

シロンが頭の上から降りてきた。

「作業を見ていると体を動かしたくなってきた」

「え？　シロンも土を耕したりできるの？」

「その鍬とかいう道具は使えぬが、土をひっくり返すくらいなら簡単だ」

シロンはフンスと鼻を鳴らすと前足をヒョイと上げ、チョイチョイと手招きするように動かす。

その仕草が可愛くてつい撫で回したくなっちゃったけど、そんな気持ちはすぐに消えてしまった。

シロンの目の前、数メートルほどの土がボゴゴッとひっくり返ったからだ。

土の中で何かが爆発したという表現が近いかも。

これはスキルか魔術かな？

「す、すごい……一体どうやったの？」

「これは土属性の魔術、【グランドブラスト】という。大地の中で爆発を起こして衝撃波を発生させるものだが、威力をかなり抑えてある」

「へぇ、そんな魔術を使えたんだね」

ウンディーネを簡単に倒してたし、本当に可愛いだけじゃなかったんだ。

「この魔術を使えば、ヒビキ以上の働きをすることができるぞ」

「僕以上？　へぇ？　じゃあ、勝負してみる？」

「いいだろう。だが勝負には報酬が必要だ。吾輩が勝ったら――」

「羊肉だね」

その返答に満足したのか、シロンはワフンと可愛く鳴く。

勝負は至って簡単だ。

どっちが先にこの区画を全部耕すか。

【グランドブラスト】を使えるシロンが有利かもしれないけど、僕には【疲労耐性（無効）】の効果がある。

勝負は五分五分ってところじゃないかな。

「それじゃあ、スタートだ！」

鍬を入れて土をひっくり返す。

かなりのスピードでやっているけど、疲労感もなければ腰も痛くない。

これなら永遠にやれそうだ。

ちらりと横を見ると、シロンも猛烈なスピードで土を耕していた。

のんびりした顔で可愛らしく前足を振ってるだけなのに、ズゴゴゴと土がえぐられていくのがすごい。

「どうしたヒビキ。手が止まっておるぞ？」

「やるねシロン。だけど、僕だって負けないよ」

必死に鍬を入れていくけれど、シロンは僕の数倍は早いスピードで土をひっくり返していく。

またたく間に、スタートした位置の反対側まで耕し終わってしまった。

シロンが終わってしばらくして、ようやく僕の作業が終わる。

「ふっふっふ。吾輩の勝ちだな、ヒビキ」

「くっそ〜！　だけど勝負は半分終わっただけだからね。勝負はこれからだ！」

この勝負はどっちが早くこの区画を全て耕すかだからね。

まだ復路がある。

《レベルアップしました》

《鍬の熟練度が20に上がりました》

「……ん？」

もしかして、この耕起作業でステータスがレベルアップした？

名前：ウスイ・ヒビキ
レベル：46
ＨＰ：２３５０／２３５０
ＭＰ：１２０／１２０

攻撃力：61
防御力：53
所持重量：170
熟練度：片手剣／45　鍬／20
スキル：【安眠】【翻訳】【スラッシュブレイド】【ポイズンゲイル】【アイアンスキン】【疾風鍬】【石砕き】
魔術：【ファイアボール】【アクアボール】【サンダーボルト】
称号：【女神アルテナの化身】
状態：【打撃耐性（無効）】【斬撃耐性（半減）】【水属性耐性（無効）】【火属性耐性（半減）】【風属性耐性（半減）】【土属性耐性（半減）】【浄化（大）】【毒耐性（無効）】【疲労耐性（無効）】【麻痺耐性（無効）】【取得経験値増加（中）】【所持重量上昇（中）】

おお、すごい。
鍬の熟練度が上がって、何かスキルを覚えちゃってる。
というか、鍬にも熟練度があるんだね。

疾風鍬：前方2メートルの畑を耕す。

石砕き：硬い土や石も簡単に砕ける。

へぇ、こりゃいい。

農作業にしか使えなさそうなスキルだけど、かなり仕事が捗《はかど》りそうだ。

よし。これを使って一気にいくぞ！

「勝負はまだまだこれからだよシロン！　どおりゃああああっ！　【疾風鍬】【石砕き】っ！」

「……ワフッ⁉」

驚きのあまり悲鳴のような声をあげるシロン。

スキル【疾風鍬】のおかげで、シロンの魔術よりもさらに長い距離を一気にひっくり返す。

さらに【石砕き】で硬い土があっても問題ない。

こりゃあ便利だ。

やっててすごく楽しい。

あっという間に復路の耕起作業が完了した。

僕が終わって少しして、シロンがとぼとぼと重い足取りでやって来た。

ふふふ、今回は僕の勝ちみたいだね。

「ぐぬぬ……今回は吾輩の負けか。しかし、厳しい戦いの中で成長するとは、さすがだなヒビキ」

「えへへ。ありがとう。シロンも頑張ったね」

お礼にワシャワシャと体を撫でる。

シロンも負けじと必死に耕起作業をやってきたのか、体中が泥だらけだ。

結果は引き分けだけど、随分早く一区画を終わらせることができたな。

約束ではシロンが勝ったら羊肉って話だったけど、頑張ってくれたからプレゼントしよう。

勝負はここまでにして、シロンとふたりで一緒にスキルを使いながら次々と区画を耕していく。

太陽が天頂を通過する頃には、全部で４つの区画を耕起し終わっていた。

「うええええっ⁉　もう４つも終わったんですか⁉」

合流した村の人たちが素っ頓狂な声をあげた。

「す、すす、すごい！　お、俺たちが牛を使ってひと区画終わらせる間に、４区画も終わらせてしまうなんて……！」

「あ、あはは、ちょっとやりすぎちゃいましたかね？」

「いえいえ！　これでいつでも黄金トマトを植え替えることができますよ！　本当に助かりました！　ありがとうございます、ヒビキ様！」

調子に乗ってやりすぎたかなと思ったけど、大感謝されたので良しとしよう。

「しかし、これだけやっても疲れぬとは、【安眠】効果はすごいな」

「あれ？　シロンも疲れてないの？」

「うむ。【広域化】で【安眠】効果が吾輩にも出ているのだろう」

ああ、そっか。

てことは、熟練度が上がって開墾スキルを覚えたけど、あれがなかったら勝負に負けてたかもしれないんだな。

危ない危ない。

「疲れてはないけど結構汚れちゃったね。家に帰る前に水浴びしようか？」

「賛成だ。早く泥を落とさねば、吾輩自慢の毛がカピカピになってしまう」

「それは大変だ」

カピカピだと安眠効果が出なくなっちゃうよね？

これは入念に洗ってあげないと。

というわけで、村のそばを流れる川へと向かう。

自宅からタオルを持ってこようかと思ったけど、天気がいいし自然乾燥で十分でしょ。

「おりゃ〜！」

「わふ〜ん！」

木漏れ日が降り注ぐ川に、シロンと一緒にザブンと飛び込む。

「……うわっ、冷たくて気持ちいい！」

「これは最高だな！」

川の流れも穏やかだし、ひんやりとしていて気持ちがいい。

いい感じに木陰も多いから、適度に涼しくて最高だ。

しかし、入って気づいたんだけど、少し前まで濁っていたのに川の底までくっきりと綺麗に見えている。

瘴気が完全に浄化された証拠かな？

飲み水は井戸で賄っているけど、これなら川の水も飲料水として使えるかもしれないな。

「……ん？」

なんて考えながら川の流れに身を任せていると、シロンが僕の隣にやって来て体をザブンと沈めた。

顔の半分まで水の中に沈めて、ブクブクと泡を立てる。

あはは、可愛い。

元々幸せそうな顔をしているけど、普段以上に気持ち良さそう。

「よしよし、僕が洗ってあげるよ」

「うむ、頼む」

体を洗ってあげるついでにワシャワシャといろんなところを撫で回してやったら、あっという間にいつもの真っ白なシロンに戻った。

ちょっと簡単に落ちすぎじゃない？

僕の体の泥は結構頑固だったけど、もしかしてシロンの毛って簡単に汚れを落とせる素材でできてたりするのかな？

だとしたら、ちょっとうらやましいな……。

シロンの毛で衣服を作ったらバカ売れしそう。

「……良からぬことを考えてないか？」

「うえっ⁉　い、いや、何も考えてないけど？」

やばい。声が上ずっちゃった。

シロンってば内緒で土属性魔術を覚えてたみたいだし、読心術みたいなスキルを覚えてそうで怖いんだよなぁ。

そうして僕たちは畑作業で汚れた体を洗った後、しばし川で涼しんでから自宅へと戻ることにした。

＊＊＊

翌日。僕が向かったのは、ラムヒルさんの温室小屋。

黄金トマトの苗の数は膨大だし、追肥やらの作業を手伝うつもりだ。

畑の耕起は終わったから、あとは苗の成長を待つだけだし。1日でも早く畑一面に広がる黄金トマトの姿を見てみたいよね。

でも、「いい感じに成長したら畑に植え替えする」ってラムヒルさんは言ってたけど、いい感じってどれくらいなんだろう？

「ヒ、ヒビキ様っ！」

温室小屋から、またしても血相を変えたラムヒルさんが飛び出してきた。

この人、いつも慌ててるなぁ。

「おはようございますラムヒルさん。苗はいい感じになりましたか？」

「い、いい感じどころじゃないですよ！」

「……へ？」

ラムヒルさんに手を引っ張られて温室小屋に入ってみると、彼が慌てている理由がすぐにわかった。

ずらりと並べられた黄金トマトの苗が、かなり成長していたのだ。

大きい葉がついているし、中には綺麗な黄色の花が咲いているものもある。

「おお、結構育ってますね。というか、トマトってこんなに成長が速いんですね。知らなかったです」

「ちょっと速すぎですよ！　蕾《つぼみ》が出るまであと1週間はかかるはずなのに！」

え？　そうなんですか？

並べている苗は全部大きく育ってるし、そういうもんだと思ったけど。

でも、どうしてだろう？

通常より成長が速いってことは、土を浄化しすぎて成長促進しちゃったとか？

う～ん……だけど【浄化】にそんな効果はなさそうだし。

「しかし、ここまで大きくなったなら、早く植え替えしたほうが良さそうですね」

「そ、そうですね……この成長速度だと早めにやらないと栄養が実にいかなくなって、大きなトマトができなくなってしまうかもしれません」

「それは大変だ。じゃあ、今からやりましょう」

「え？　今から？」

「はい。もし他にお仕事があるなら、僕がやっちゃいますけど」

「い、いえ、他に仕事はないです。私がラティナ様から依頼されているのは黄金トマトの育苗なので……」

そういえば、そんなことを言ってたっけ。

今から人手を集めるのは難しいかもしれないので、とりあえず僕とラムヒルさん、そしてシロンで植え替え作業を進めることにした。

ラムヒルさんに苗の選定方法を聞いたところ、シンプルに丈夫なものがいいらしい。

丈夫かどうかの選定基準は以下の３つ。

１つ、鉢の下を見て根がしっかり回っているか。

２つ、葉色が濃いか。

３つ、病気や害虫の被害を受けていないか。

ざっと見て回ったんだけど、どれもしっかりと育っていて病気や虫が付いている雰囲気はない。

驚くべき速度で育っちゃったから、被害を受けていないのかもしれないな。

花が咲きかけているのが一番いい、とのことだったので可愛い花が咲いているものを選んで、昨日耕した畑へと持っていくことにした。

「まずは私が植えますので、参考にしてください」

「はい、ありがとうございます」

ホント、経験者って心強いな。

まず、畑に作った畝――作物を植えるために土を細長く直線上に盛り上げたもの――にいくつか小さな穴を掘ってそこに土ごと苗を植える。

鉢の中に入っていた土が少しだけ表に出るように穴を浅くするのがいいんだとか。植えたら土をかけて、たっぷり水をあげる。

「あとは、支柱ですね」

「支柱？」

「トマトは実が重いので、そのままにしておくと茎が折れてしまうんです。なので、こうして支柱を立てて紐でくくりつけます」

「へぇ、なるほど」

木で作った支柱をトマトの苗のすぐそばに立て、紐を8の字にしてくくりつける。このとき、成長して茎の太さが何倍にもなるので、余裕を持って結ぶこと。

「……と、こんな感じです。どうです、ヒビキ様？　意外と簡単でしょう？」

「そうですね。これなら僕にもできそうです」

特に難しいことはなさそうだし。

早速、シロンと一緒にやってみよう。

「まずは穴を掘って、苗を植え替えるところからやろっか」

「承知した。では吾輩が穴を掘ろう」

シロンが意気揚々と畝の前にやって来る。

手を使って穴を掘るのかなと思ったけど、鼻をズボッと土の中に突っ込んだ。

うわぁ、めちゃくちゃワイルド。

でも、簡単かつ均等な大きさの穴になるから賢いやり方かもしれない。

シロンの顔が泥だらけになっちゃうけど。

案の定、ひと通り穴を掘ってもらったら、シロンの顔が真っ黒になっていた。

「ありがとうシロン。泥を拭ってあげるからこっちにおいで」

「うむ」

ガシガシと泥を拭ってやったら、嬉しそうに尻尾を振る。

すると上機嫌になったのかゴロンと横になってお腹を見せてきた。

なんだなんだ？　可愛いやつだなぁ、うりうり。

全身をワシャワシャと撫でまくる。

「ヒビキ」

シロンの柔らかいお腹の毛を堪能していると、声をかけられた。

農具を片手に持ったララティィナさんだ。

「あれ？　ララティィナさん？　お仕事はいいんですか？」

「ああ、会合は昨日終わったからな。だから私にもシロンを撫でさせて――ではなく、畑を手伝わせてほしい」

すごく真面目な顔だけど、本音が出ちゃったね。

シロンをモフりたい欲求もあるみたいなので、ラティナさんにはシロンと一緒に隣の区画の植え替えをお願いした。

それから20分ほど作業を続け、半分ほどの植え替えが終わった。

ラティナさんたちの進捗はどうだろう？

そう思って隣の区画を見たら3分の1くらい終わっていたんだけど、顔を真っ黒にしたシロンが
ラララティナさんにお腹をナデナデしてもらっていた。

それを見て、思わず苦笑い。

シロンがわざわざ鼻を使って穴を掘ってたのって、作業効率化のためじゃなくて撫でてほしかったからじゃない？

シロンってば、意外と策士なんだな。

そんなこんなで作業を進めていると、村の人たちが手助けに来てくれた。おかげで日が暮れる前に、全ての植え替え作業を終わらせることができた。

「しかし、すごいですね……」

ずらっと並ぶトマトの株を見て、思わず感嘆の声が漏れてしまった。

「こうやって見ると壮観です」

「ああ、そうだな。だが、黄金の実が成るともっとすごい光景になると思うぞ」

「ラティナさんは見たことがあるんですか？」

「いや、ない。亡くなった父は若い頃に見たことがあると言っていたが」

そうだったんだ。

だとしたら、ララティナさんも楽しみで仕方ないだろうな。

「早く美しい実を付けてほしいですね」

「そうだな」

そんな会話をしている僕たちの横で、シロンがブルブルと体を震わせる。

多分、毛についた泥を跳ね飛ばしたいんだろうけど、全く取れていない。

これはまた、水浴びをしないといけないな。

「ところでヒビキ。この後なのだが、また水浴びをする予定なのか？」

「そうですね。泥まみれだと家に帰れませんし、川で落としちゃいましょうか」

「おお、そうか！」

ララティナさんが、パッと目を輝かせる。

「だったら、今日は私がシロンの面倒を見よう！　すっかり泥で汚れてしまったようだからな！

うん、私の責任だ！」

「……え？　あ、はい。よろしくお願いします」

「ああ、任せてくれ！　よし、シロン行くぞ！」

「ワフン」

ラティナさんとシロンが一目散に川へと向かう。

そんな彼女を見て、ちょっと笑ってしまった。

そんなにシロンを撫でたかったんだなぁ。

そういえば、昨日シロンと水浴びしてきたことをラティナさんに話したとき、すごく残念そうな顔をしてたっけ。

シロンもまんざらでもなさそうだし、今日は心ゆくまでモフってください。

＊＊＊

「ヒ、ヒビキ！　大変だぞ！」

「……んがっ？」

トマトの植え替えが終わった次の日――。

僕はすごい力で体を揺さぶられ、強引に起こされてしまった。

「ぁえ？　ラティナさん？」

僕を揺さぶっていたのはラティナさんだった。

今日は別の部屋で寝ていたけど、どうしたんだろう？

「信じられないことが起きた！　早く畑に来てくれ！」

これまで発生していた瘴気は浄化できていたけど、より強力な瘴気が出てきたなんてこともありうる。

ふと脳裏に浮かんだのは、先日の駄女神様の「強力な瘴気が発生するかもしれない」という話だ。

もしかして、苗が全滅しちゃったとか？

なんだろう。

「え？　信じられないこと？」


頭の中がクエスチョンマークだらけになっちゃったので、隣にいたラムヒルさんに尋ねてみる。

昨晩は僕の膝くらいの大きさしかなかったけど。

でも、苗を植え替えたのは昨日だよね？

黄金トマトって、本当に黄金みたいな色なんだな。

これはすごい。

一面キラキラと輝く黄金の絨毯……なんて言葉がピッタリの光景。

それが見違えるように大きくなり——巨大な黄金色の実を付けていたのだ。

昨日、ラティナさんたちと植え替えた黄金トマトの苗。

つい、気の抜けた声が口から漏れ出てしまった。

「……ふぇ？」

不安になる気持ちを抑え、寝ぼけ眼のシロンを連れて畑に向かう。

そうなったら、黄金トマトは一瞬で枯れてしまうだろう。

「あの……これって、どういうことなんです？」

「わ、私にもわかりません。朝起きたら、すでにこの状況で」

ラムヒルさんも困惑している様子だった。

ううむ。

てことは、想定外の成長速度ってことか。

苗も予想以上に早く成長していたみたいだし、苗がここまで成長したのも同じ要因なのかな？

「……フム、もしかすると、ヒビキのスキルの影響かもしれんな」

頭の上のシロンが、あくび交じりでそう言った。

スキルの影響？

って、僕の【安眠】スキルのことだよね？

「でも、【安眠】スキルの効果に、成長促進みたいなのはないけど？」

「吾輩が推測するに【取得経験値増加】だと思う」

「経験値増加？」

しばし考えて、ああと気づいた。

植物は光合成で経験値が得られていて、【安眠】スキルによってそれが何十倍にも増えたから驚くべきスピードで成長したってことなんじゃないかな。

そんなバカなことがあり得るのか——と思ったけど、経験値っていわば成長に必要な要素を数値化したものだから、あながち間違いでもなさそう。

というか、シロンの【広域化】って人間以外にも効果が波及するんだね。

「すごいね……僕の【安眠】スキルと、シロンの【広域化】」

だって、この調子で安眠していたら、黄金トマト以外の野菜とかも爆発的に成長するってことだよね？　もしかしてフラン村って、野菜の宝庫になっちゃう？

「とにかく収穫しましょうか、ラムヒルさん。早くしないと野生動物に食べられちゃいそうですし」

「そ、そうですね」

爆発的な成長を遂げた理由はさておき、すごい数の黄金トマトが実っているのは事実なので収穫することになった。

もちろん、フラン村の住人総出で。

なにせ、絶滅したと思っていた黄金トマトの初収穫なのだ。

近くで見ると、ひとつひとつがソフトボールくらいの大きさで、黄金のようにキラキラと輝いている。

美味しそうというより、凄まじく豪華な見た目だな。

貴族は当然ながら、ドラゴンの好物っていうのも頷ける。

「おひとつどうです、ヒビキ様？」

と、ラムヒルさんが黄金トマトをひと房こちらに差し出してきた。

「フラン村の特産品、食べてみてくださいよ」

「でも、黄金トマトの復活は皆さんの悲願だったんでしょう？　だったら、僕じゃなくて皆さんから」

「何を言っているんですか。ヒビキ様がいなかったら叶わなかった悲願です。ぜひ、最初にヒビキ様に食べていただきたい」

「で、でも……」

助け舟を出してもらおうと、ちらりとラティナさんを見たんだけれど――。

「食べてくれヒビキ。この場に父がいたら同じことを言っていたはずだ。最初のひと口は、キミにこそふさわしい」

逆に促されちゃったよ。

他の村の人たちを見たけれど、全員が笑顔で頷いてくれた。

ううむ。ここまで言われたら、断るのは逆に失礼か。

「あ、ありがとうございます。それでは……いただきます」

ラムヒルさんからトマトを受け取る。

でも、どうやって食べよう。

上品に食べるのも何か違う気がするし、思いっきりいったほうがいいよね？

あーんと口をあけて、がぶりと食らいつく。

瞬間、じゅわっと果汁が口の中に溢れ出す。

黄金みたいな見た目だったから硬いのかなと思ったけど、歯を使う必要がないくらいに柔らかかった。

「……あっ」

咀嚼《そしゃく》した瞬間、筆舌に尽くし難い濃厚な甘さが鼻の奥に通り抜けていく。

何だろうこれ。

野菜じゃなくて、本当に果物みたいな甘さだ。

爽やかな甘さの中に、ほのかに酸味がある。

柑橘系の甘さに近いかもしれない。

これはメチャクチャ美味い。

そのまま食べてもいいけど、ジュースにしても絶対美味しいよこれ。

「ど、どうだ、ヒビキ？」

ラティナさんが少し不安げな顔で尋ねてきた。

「初めて食べた黄金トマトの味は？　感想を聞かせてくれ」

「すごく美味しいです！　お世辞じゃなく、これまで食べてきた野菜の中でトップレベルですよ！」

「おお、そうか！　良かった！」

パッとラティナさんの顔が明るくなる。

村の人たちからも、安堵の溜息があがった。

しかし、これは本当に美味しすぎる。

そういえばシロンも食べたいって言ってたよね。

ラムヒルさんからシロンの分をひとつ貰って、頭の上にひょいと上げた。

すぐにむしゃむしゃと咀嚼する音が聞こえてくる。

「どう？　シロン？　美味しいかい？」

「これは美味い！　吾輩の好物がひとつ増えたぞ！」

「あはは、そりゃ良かった」

黄金トマトの栽培に成功したら羊肉よりも安価で食べられるだろうし、僕の財布も安心だ。

それからラティナさんや村の人たちも、思い思いに黄金トマトを口にする。

「……うむ。これは美味しいな」

ラティナさんが、感慨深そうに囁《ささや》いた。

「そうか。これが黄金トマトの味なのだな……」

「ラティナさんも初めてだったんですか？」

「ああ。黄金トマトは父の代でなくなってしまったからな」

「そうだったんですね」

ふと周囲を見ると、トマトを食べながら涙を浮かべている人もいた。

十数年ぶりに食べたフラン村の特産品に、感極まってしまったんだろう。

「ヒビキ。吾輩、もっと食べたいぞ。もうひとつ貰ってもいいか？」

辛坊たまらんと言いたげなシロン。

感動のシーンに水を差すね、キミも。

「これから収穫するんだから、ちょっと我慢しててよ。というか、シロンも手伝って？」

「ぐむむ、吾輩、楽して食べたいのだが……黄金トマトのためならば、致し方あるまい」

面倒そうに頭の上から降りてくるシロン。

働かざる者食うべからずって言葉、教えてあげたほうがいいかもしれないな。

それから僕たちは、日が暮れるまで収穫を続けた。

【安眠】スキルのおかげで疲れは出なかったけど、目を離すと盗み食いしようとするシロンを制止するのに大変だった。

シロンってば、本当に黄金トマトが大好物になっちゃったみたい。

ドラゴンだけではなく、聖獣バロンも魅了されるフラン村の黄金トマト――。

そういう謳《うた》い文句で売り出すのもいいかもしれないな。

＊＊＊

黄金トマトの収穫は1日かけて全て終わらせた。

植えた区画が広かったから数日にわけて収穫しようと思ったんだけど、野生動物たちが食べちゃう可能性があるからね。

人間にとって美味しいものは、野生動物にとっても美味しいもの。

せっかく黄金トマトを復活させたのに、動物に食い荒らされちゃったら残念すぎるもんね。

まだ青いトマトもたくさんあったから、収穫できたのは大樽で3つ分くらい。

ひとつは国王様に献上するもので、すぐに荷馬車で運ばれた。

もうひとつは料理に使うため酒場に、もうひとつは地下貯蔵庫へ。

何よりもまず国王様に献上したのは、黄金トマトの噂を広めるためだ。

黄金トマトの復活を心待ちにしている貴族は多く、噂が広まれば、すぐに貴族御用達の商会がやって来ると思う。

ということで、昨日は一日中収穫をしていたので、今日くらいはゆっくりしようと思ったのだけれど――。

《今回の快眠度は「４５０」です》

早朝。毎度おなじみの【安眠】スキル発動のアナウンスで目が覚めた。

このアナウンス、いい感じの時間に知らせてくれるので目覚ましにピッタリなんだよね。

どんな効果が出ているのかとワクワクしちゃうし。

しかし、４５０か。

これまでは最高で３６０だったし、最高快眠度を更新できたみたいだ。

これも黄金トマトのおかげかな？

《今回の睡眠で【打撃耐性（無効）】【斬撃耐性（半減）】【水属性耐性（半減）】【火属性耐性（半減）】……以下省略が発動しました》

「……いや、以下省略って」

発動した効果の数が多いから大変なんだろうけど、ちゃんと教えてよ。

名前：ウスイ・ヒビキ
レベル：46
ＨＰ：２３５０／２３５０
ＭＰ：１２０／１２０
攻撃力：61
防御力：53
所持重量：１７０
熟練度：片手剣／45　鍬／20
スキル：【安眠】【翻訳】【スラッシュブレイド】【ポイズンゲイル】【アイアンスキン】【疾風鍬】【石砕き】
魔術：【ファイアボール】【アクアボール】【サンダーボルト】
称号：【女神アルテナの化身】
状態：【打撃耐性（無効）】【斬撃耐性（半減）】【落下耐性（半減）】【水属性耐性（無効）】【火属性耐性（半減）】【風属性耐性（半減）】【土属性耐性（半減）】【浄化（大）】【毒耐性（無効）】【麻痺耐性（無効）】【疲労耐性（無効）】【取得経験値増加（大）】【ＨＰ自動回復（小）】【ＭＰ自動回復（小）】【水中呼吸（中）】

おお、いろいろ発動してるね。

打撃半減に斬撃半減って、物理攻撃をかなり軽減できるな。

それに属性も半減がついているし、ＨＰとＭＰの自動回復もついている。

「……これは戦闘で試したくなる効果ばっかりだ」

今日はゆっくりしようかと思ったけど、ちょっとモンスター狩りにでも行ってみようかな。

取得経験値増加の効果も試したいし、これから商人さんたちが増えてくることを想定して、村周辺の安全を確保しておいたほうがいいかもしれない。

というわけで、布団の中で丸まっているシロンを起こして、庭で弓の練習をしているラティナさんに声をかけてから冒険者ギルドへ向かうことにした。

ちなみに、快眠度４５０の効果はラティナさんにも出ているらしく、弓の練習をしていたらかなりレベルが上がったみたい。

これが女神アルテナ様の加護の力なのだな、と感動してたけど、どちらかというと【広域化】スキルを持ってるシロンのおかげだと思うな。

駄女神様、何もしてないし。

「あら、ヒビキ様。おはよう」

「おはようございます、サティアさん」

ギルドにやって来ると、いつものようにサティアさんが声をかけてきた。

黄金トマトが復活して昨日の今日なので混み具合に変化はないけれど、ここもいずれ冒険者で溢れかえったりするんだろうか。

「いやぁ、昨日はお祭り騒ぎだったね。まさか本当に伝説の黄金トマトを復活させちゃうなんて。すごいじゃない」

「僕だけの力じゃありませんよ。村の人全員で復活させたんです」

「ふふ、謙遜しちゃってもう。ヒビキ様ってば可愛いんだから。ウリウリ」

「や、やめてください。ほっぺたツンツンしないで。そういうのは僕じゃなくてシロンにお願いします」

「あらそう？　じゃあお言葉に甘えて……」

サティアさんは僕の頭の上からヒョイとシロンを抱きかかえると、モフモフと撫で始める。

まだ半覚醒状態なのか、シロンは無言でされるがままだ。

だけど、尻尾は嬉しそうに揺れているので嫌ではなさそう。

「それで、今日はどんな御用で？」

「あ、ええっと、フラン村の近辺に出没しているモンスター討伐の依頼とかありますかね？　できれば危険な相手だとありがたいんですが」

「モンスター討伐か……あるのはゴブリンくらいかな？」

「ゴブリンですか……」

う～む、ちょっと弱すぎるかな。

モンスターが出没してるのなら狩っておいたほうがいいけど、ゴブリンくらいだったら僕以外の冒険者でも事足りちゃうからな。

「なんだか残念そうね？　どうして危険なモンスターをご所望で？」

「黄金トマトの噂が流れたら大陸から商人さんがたくさん来るでしょう？　だから今のうちにフラン村近辺の治安をよくしておこうと思いまして」

「…………」

あれ？　なんだか胡散《うさん》臭いものを見るような顔をされちゃったかな？

「ぼ、僕ってば、何か良くないことやろうとしてます？」

「いやいや、逆よ逆。ヒビキ様って本当に偉いなぁって」

「え、偉い？」

「そうよ。ヒビキ様は黄金トマトを復活させた立役者なんだし、普通だったらこう、偉業を自慢したり偉そうにするもんじゃない？　それなのに、村に来る商人のことを考えて治安をよくしておこうなんて……いやぁ、あたしたちもいい領主様に恵まれたもんだわ」

「いい領主だなんて……」

偉いとかじゃなくて、ただの心配性なだけです。

だってほら、せっかく商人さんが来たのにモンスターだらけで逃げていっちゃったら悲しすぎるじゃないですか？

「と、とにかく事情は理解しました。ゴブリン討伐依頼をお願いします」

「はいはい、わかりました」

呆れ顔で、依頼書に「受注」のスタンプを押すサティアさん。

そして、おもむろに身を正すと小さく頭を下げた。

「改めて、黄金トマトを蘇らせていただき本当にありがとうございます。村を代表して……って偉そうなことを言えた立場じゃないですけど、ヒビキ様には感謝しています」

「い、い、いえ、こちらこそ、どうも……」

しどろもどろになってしまった。

いつも適当なサティアさんに改まってそんなふうに言われると照れくさいな。

だけど、サティアさんや村の人たちの力になれているなら——僕も嬉しい。

頭の上にシロンを乗せて、よしと気合を入れ直す。

ようやく村に人が集まるきっかけができたわけだし、新人領主としてしっかり頑張らなくちゃね。

——ま、無理をしない程度に、だけど。

第3章　新たな仲間たちとの安眠生活

「……ヒビキ！　シロン！　おかえりっ！」

「う、わっ⁉」

屋敷の玄関のドアを開けるやいなや、待ち構えていたかのようにラティナさんが僕に飛びついてきた。

「長かったな！　帰りを待ちわびていたぞ！」

「た、ただいま、ラティナさん」

「ワフン！」

「ああ、ふたりとも無事で何よりだ！」

頬をスリスリしてくるラティナさん。

困惑と嬉しさ、それに恥ずかしさが入り交じった変な感情に苛《さいな》まれる。

いや、やっぱり恥ずかしいが一番かな？

家を空けていたのは2日間だけなんだけど、毎度のことながら何年も家を留守にしていたような歓迎っぷりだなぁ。

「それで？　商隊は無事に島を出たのか？」

「うん。途中でモンスターの襲撃に遭ったけど、なんとか退けたよ」

る。


「おお、さすがはヒビキだ！」

僕が2日間村を留守にしていた理由がそれだった。

黄金トマトの栽培に成功して数ヶ月が経ち、村を訪れる商人さんも日を追うごとに増えてきている。

そんな彼らに島の西にある港町へ向かうまでの護衛を依頼されることも多く、こうして駆り出されることがあるというわけだ。

本当なら村の冒険者ギルドに護衛依頼を出したいところなんだけど、熟練の冒険者さんがいないので僕が出張っている。

だって、黄金トマトの買い付けで来たけどモンスターに襲われて全部失いました……じゃあ、商人さんの足が遠のいてしまうからね。

村のためにも、新人領主の僕が頑張らなければいけないのだ。

2日ぶりに戻ってきたフラン村は、相変わらず賑わっていた。

村の広場には多くの荷馬車が停まっていて、店を出入りしている人の数も2日前とは比べ物にならないほど多い。

商人風の人や、職人っぽい人……それに、鎧を着た傭兵さんもいる。

彼らをフラン村に呼んだのは、復活させた黄金トマトだ。

トマトの噂が国王様から広がり、買い付けのために商人さんたちがひっきりなしにやって来ている。来年の収穫分もほとんどが成約済みだからすごい。

職人っぽい人や傭兵さんも増えているのは、村に来る商人さんが大きな商会——現代でいうと商社のようなもの——に所属しているだからだ。

彼らはお弟子さんや使用人、護衛の傭兵を連れてきていることが多く、大所帯で行動している。

そんな彼らは数日ほど村に滞在するので、宿は連日満室。今は冒険者ギルドの2階も貸し出していて、宿屋の隣にもうひと棟、宿屋を建設している最中だ。

酒場も宿屋併設のものじゃなく、独立した店を用意した。

さらに、武具の売買やメンテナンスをする鍛冶屋をひとつ新たに造って、衣類を売買している服飾店をオープンさせている。

村の住人もここ数ヶ月で増えていて、今や70人規模。

まもなく黄金トマトの季節が終わるので、また別の「特産品」を用意しているんだけど……そうだ、その進捗も後で確認しないといけないな。

「ヒビキ様」

リビングに男性の声がした。

ラムヒルさんだ。

種苗家として働いてもらっていたけれど、そっちの仕事はお弟子さんに任せて、今は僕やララティナさんの秘書的な仕事をしてもらっている。

「アルスラン商会の商隊が到着したようです。馬車が屋敷の前に」

「わかりました。今行きます」

アルスラン商会は大手の商会。

島から船で3日ほどの距離にある大陸屈指の大国ゼゼナンに本拠地を置く商会で、今年最後の黄金トマトの取引をしている相手だ。

大口の取引なので相当な儲けになる予定……なんだけど。

「ふむぅ」

ララティナさんが残念そうに眉根を寄せた。

「せっかく帰ってきたばかりなのに、ゆっくりもできないな……」

「あはは。お客さん対応は僕の仕事だからね」

この半年でララティナさんと僕の役割を整理して、村へやって来る商会のお偉いさん対応は僕がやることになった。

なんでも、黄金トマトを復活させた立役者として僕の名前が広がったらしく、会いたいと言ってくれる人が多いのだ。

まぁ、みんな僕を見て「こんな子供が？」みたいな顔をするんだけどね。

「ヒビキ、後で私に時間をくれないか？　例のもうひとつの特産品の報告をしたいし、その……久しぶりに一緒にご飯が食べたいというか」

「あ、う、うん。そうだね。そうしよう」

村を空けた後、こうしてララティナさんが甘えてくるのも毎度のことなんだけど、未だに慣れていないんだよね。

僕もおしゃべりしたいから、全然ウェルカムなんだけど。

この半年でララティナさんとはさらに打ち解けた感じがある。変に気を使わなくて良くなったっていうか。

まぁ、結婚の件は保留したままだけど。

シロンを頭に乗せたまま、ラムヒルさんと表に出る。

屋敷の前に黒くて大きな馬車が停まっていた。

その馬車から、ハットをかぶりフォーマルな格好をした40代くらいの男性が降りてくる。

「ヒビキ様」

ハットの男性がうやうやしく頭を下げてきた。

彼がアルスラン商会の副支配人ロンドベルさんだ。

商人の多くはチュニックにローブと一般的な格好をしているけれど、大きな商会になると彼のようにフォーマルな人もいるのだ。

「わざわざお出迎え痛み入ります」

「いえいえ、遠路はるばるありがとうございます」

「シロン様も元気なご様子で安心しましたよ」

ロンドベルさんが僕の頭に乗っているシロンを見て、目尻にしわを寄せる。

それを見て、シロンが「ワフン」と鳴く。

「いいだろう。気遣いができるお前には特別に吾輩を撫でさせてやろう」

「……シロン様はなんと？」

「特別に撫でさせてやるそうです」

「おお、本当ですか⁉」

嬉々とした顔でシロンをナデナデするロンドベルさん。

ロンドベルさんに会うのは2回目なんだけど、すっかりシロンの虜《とりこ》になってしまったみたい。

シロンに魅せられた人は本当に多い。

フラン村のアイドル的存在になってるし。

でもまぁ、シロンのふわふわした毛並みと、いつも幸せそうな顔を見たらメロメロになっちゃうよね。

ロンドベルさんがシロンを撫でながら尋ねてくる。

「黄金トマトの畑を拝見してもよろしいですか？」

「ええ、もちろんです」

そういえば、前にロンドベルさんが来たときは1回目の収穫後だったっけ。

きっとトマトが成ってる光景を見たら驚くだろうな。

というわけで、ロンドベルさんと一緒に黄金トマトの畑へと向かう。

ちなみに、今回ロンドベルさんが再度フラン村に来てくれたのは、収穫した黄金トマトを受け取るためだ。

ここでトマトを受け取ってから、村の西にある港町から船で大陸に向かうんだけど、不安なのは商隊を守る護衛があまり用意できないことなんだよね。

港町からアルスラン商会の拠点がある首都までは彼らが用意した騎士団が護衛にあたる。でも、港町までの護衛は僕たちの仕事。

今のところフラン村にいる冒険者に護衛の依頼を出しているんだけど、もっと熟練度が高い兵士が欲しいところなんだよね。

村に人が増えてお金が回り始めてきていることを考えると盗賊対策もしておきたいし、傭兵団を組織して村に常駐させる頃合いなのかもしれないな。

盗賊対策はさておき、最後の収穫が終わるまで少し時間があるから、ロンドベルさんの商隊の護衛をどうするかは考えておこう。

「さぁ、到着しましたよ」

「……おお、これはすごい！」

ロンドベルさんが息を呑んだ。

畑一面に広がる黄金トマトが、陽の光を反射してキラキラと輝いている。

何度見てもこの光景には言葉を失ってしまう。

小さく溜息をついて、ロンドベルさんが続ける。

「しかし、伝説の黄金トマトが復活したなんて今でも信じられません」

「ええ、全くです」

「ヒビキ様の名前はゾアガルデ……いや、フレンティアの歴史に残るでしょう」

「歴史って……そ、そんな大げさですよ」

苦笑い。

だって僕はお手伝いをしただけですし。

ロンドベルさんが「収穫を体験したい」と言うので、村の人たちに交ざって農作業をすることになった。

収穫したてのトマトを食べてもらったら、本当に幸せそうな顔をしていた。

この黄金トマトが今年最後の収穫で、全てアルスラン商会に引き渡す予定。

売買価格は、1樽で金貨15枚。

10樽くらいの収穫量になるので、総額で金貨150枚くらいになるかな?

すんごい儲けだ。

そのお金は冬を越すための薪や燃料、防寒具の買い付けに使う。

それに、冬に旅人を誘致するための「もうひとつの特産品」にお金を先出ししちゃったから、その補填にも使わなきゃいけないいな。

「……あ。そういえば、ラティナさんに報告してもらう予定だったっけ」

というわけで、ロンドベルさんを宿屋に案内して、屋敷に戻ることにした。

さて、もうひとつの特産品はどうなっているかな?

＊＊＊

この世界に来て初めて冬を迎えるんだけど、フラン村には雪が降るらしい。

それも結構な積雪量で、雪下ろしが必要になるのだとか。

夏が結構長かったからびっくりしちゃった。

そんなフラン村の冬場は黄金トマトはもちろん、ほとんどの作物が育たない。

村を訪れる人もいなければ、仕事もない。

冬の到来の前に買い溜めをして家の中でじっと春の到来を待つ……というのが普通みたいなんだけど、ただじっとしてるだけじゃあつまらないよね。

というわけで、冬も旅人を誘致できるような特産品がないかなと考えて、思いついたのが「これ」だった。

「……ほほう、これが温泉とやらか！」

「そうだよシロン。見るのは初めて？」

フラン村の外れ――。

もうもうと湯気が上がっている露天風呂を前に、シロンがわっさわっさと尻尾を振っている。

僕が考えた「もうひとつの特産品」というのは、ズバリ温泉だった。

以前にサティアさんから「フラン村を避暑地にしてはどう？」って言われたけど、温泉村としてならいけると思ったんだよね。

と言っても、ここにあるのは天然温泉ってわけじゃないけど。

フラン村があるフランマ高地は火山ガスの噴気が出る場所がある。

以前に、村の瘴気をなくすためにポイズンスライムを狩ったあの場所も火山ガスが噴出するくぼみだったらしい。

フラン村の近くにもその火山ガスが溜まる場所があって、噴気によって地盤がゆるんで地すべりが起きることがある。それを予防するため、穴を開けてガスを排気しているんだとか。

その噴気に川の水をかけて、温泉のお湯にしているというわけだ。

ちなみに、温泉を流しているパイプは松の木をくり抜いたものを使っている。

大陸には金属のパイプもあるらしく取り寄せることも考えたんだけど、酸性の蒸気に耐えきれずに溶けてしまうみたいなんだよね。

松の木を加工するのに職人さんを呼んだりしたから、結構なお金がかかったけど、長い目で見ると節約になっているはず。

でも、ざっと見たところほぼ完成している感じじゃない？

石を組んで作った岩風呂も完成しているし、宿泊もできる露天風呂の旅館の母屋部分からの通路もできている。

これなら今日から開業してもよさそうだね。

「どうだ、ヒビキ？　この2日間でかなり完成に近づいただろう？」

「うん、すごいね。これならすぐにでも営業を開始できそうだよ。ありがとうララティナさん」

「ふふふ、黄金トマトの収穫が終わるし、急いで開業したほうがいいと思ってな。職人に少しだけ無理をしてもらったのだ」

そうなんだ。

後で村の職人さんたちにお礼を言っておかなくちゃね。

黄金トマトでお金が入るし、報酬に色をつけてもいいかもしれないな。

「……あれ？」

などと考えていると、ふわりと清涼感がある香りが漂ってきた。

「なんだかいい匂いがしない？」

「おお、気づいたか。さすがはヒビキだ。実に鼻ざとい男だ」

フフフと笑みを浮かべるララティナさん。

いや、ドヤってるところ悪いけど「鼻ざとい」って、そんな言葉あるっけ？

「実は湯に精霊核と水金草の香りをプラスしてみたのだ。リラックス効果もあっていいと思ったのだが……どうだろう？」

「本当に？　それはナイスアイデアだ」

確かにこの香りは、自宅で焚いているお香と同じだな。

これは相当なリラックス効果が期待できそうだ。

温泉を作ろうと思い立ったのは冬の収入源を得るためだけど、僕の快眠度を上げるためでもあるんだよね。

駄女神様からはもっと快眠度を上げてほしいって言われてたし、温泉に入ってポカポカになれば、きっと快眠度も上がるはずだよね？

「しかし、本当に気持ち良さそうだね」

「では一緒に入ってみるか」

「そうだね一緒に――え？　一緒？」

ポカンとしてしまった。

入るのは嬉しいけど、一緒にってどういうこと？

困惑していると、ラティナさんが帯を解き上着を脱ぎ始めた。

華奢なラティナさんの肩があらわになる。

「うぇっ⁉　あ、ちょ、ラティナさん⁉」

「ん？　どうした？　長旅で疲れているだろうし、私が背中を流してやるぞ？　ほら、ヒビキも脱げ」

「せ、せ、背中を流す⁉　あっ、ちょちょ、ちょっと待って！　脱がさないで⁉」

「……？」

慌てて身を正す僕を見て、首をかしげるラティナさん。

「……あっ、そういうことか」

やがて何かに気づいたようにハッとした顔をする。

「先にご飯のほうが良かったか？」

「そ、そそ、そういうことじゃなくて！　と、とりあえず服を着て！」

ラティナさんの胸元があらわになっているので、両手で顔を隠しながら突っ込む。

目のやり場に困るというのはまさにこのことだ。

ラティナさんってば、最初は僕が添い寝しただけで顔を真っ赤にしていたのに、すっかり慣れちゃって。

そういうのも悪くないけど、もう少し恥じらいを持ってもらったほうが萌える――って何を言ってんだ僕は。

「い、一緒に露天風呂に入るのはまた今度にしようよ！　ほら、まずは村のみんなに完成したことを伝えておかないと悪いし……ね？」

「……ふむ、確かにヒビキの言う通りだな。出し抜けに露天風呂に入るのは民に申し訳ないか」

至極残念そうにいそいそと服を着るラティナさん。

ホッと安堵する一方で、少しだけ罪悪感にかられてしまった。

なんていうか、ほら「据え膳食わぬは男の恥」みたいな。

う〜ん、やっぱり一緒に入ったほうが良かった？

「しかし、このまま帰ってしまうのは少々勿体ない気がするな」

変な後悔に苛まれていたとき、頭の上のシロンがぽつりと言った。

「村の者たちのことを考えると抜け駆けはいかんが、お試し感覚で軽く湯を楽しむ方法はないものなのか？」

「軽く湯を楽しむ……」

しばし、思案。

「……あ、そうだ。足湯に浸かってみようか」

「足湯？　何だそれは？」

「足だけを温泉に入れる入浴法のことだよ。ふくらはぎくらいまでお湯につけると、足先から全身が温まるんだ」

「ほう、そんな入浴法があるのだな」

まぁ、僕も経験はないし、リーマン時代に聞いた話の受け売りなんだけどね。

忙しすぎて温泉なんて行く暇なかったからなぁ。

「なるほど、足湯か！」

ララティナさんが嬉しそうな声をあげる。

「足を入れるだけなら村の民たちに後ろめたさを感じる必要もなさそうだな！　いいアイデアだ！」

なんだかんだ言って、彼女も湯に浸かりたかったみたい。

温泉に入りたいのは、僕も含めて皆同じみたいだな。

この世界に不満はないけれど、唯一気になっていたのが風呂が狭いことなんだよね。

五右衛門風呂みたいに、小さな桶に体を入れてじゃぶじゃぶ洗うだけだし。

湯に浸かるという習慣がないみたいで、川で水浴びをしたり井戸の水で体を拭いたりするのが普通っぽいから、仕方がないんだけどね。

だからゆっくりお湯に浸かる温泉を作ろうと思ったってのもあるんだけど。

というわけで、早速ズボンの裾を上げて、岩風呂のふちにラティナさんと並んで座った。

シロンは伏せの状態で前足をお湯に。

「……あ、気持ちいい」

恐る恐る指先から湯に浸けてみたけれど、かなりいい湯加減だった。

ガスで川の水を温めるだけで本当に温泉になるんだろうかと少し心配だったけど、これだったら問題なさそうだね。

「ほほう。これはなかなかだな」

前足をパチャパチャ動かしているシロンも満足げだ。

味も気になったのかぺろりと舐めてみてたけど、しかめっ面をしていた。

犬もそういう顔、できるんだね。

「どう？　ラティナさん？　初めての足湯の感想は？」

「ああ、実に最高の気分だ……」

ラティナさんが少しだけ紅潮した顔で僕を見る。

早速、血行促進してるみたい。

「ポカポカと体が温まってきているのがわかるぞ」

「この感覚、幸せだよね」

「そうだな。まぁ、私はこうしてヒビキと一緒にいられるだけで最高に幸せなのだがな……」

「……っ!?　そっ、そうですか……」

すすっと肩を寄せてくるラティナさんに、ドキッとしてしまった。

シロンがふと僕の顔を見る。

「ん？　どうしたヒビキ？　顔が真っ赤だぞ？」

「た、た、多分、足湯に浸かってるせいかな？　あはは……」

「なんだと!?　それはまずい！　足湯でものぼせてしまったか！　そこに横になれ！　服を脱がして冷ましてから――」

「あ、えと、大丈夫ですラティナさん！　平気だから、その……あまりくっつかないで！」

そして服を脱がせようとしないで！

これ以上のスキンシップは、本当にのぼせてしまうから！

＊＊＊

足湯を堪能した僕たちは、建設中の旅館の中を見て回ってから、フラン村へと戻ることにした。

旅館もほぼ完成していて、これならすぐに開業できそう。

ああ、待ち遠しいなぁ。

「……ん？　なんだあれ？」

旅館を出て板張りの通路を歩いていると、露天風呂の岩風呂のそばにさっきまではなかった変なものが落ちているのに気づいた。

いや、落ちているっていうより、誰かが倒れている？

背丈は僕と同じくらいだろうか。

フラン村の人たちが着ている衣服とは違う、どこか和の雰囲気がある着物のような服を着た誰か。

あっ、あれは——子供だ！

「大変だ、露天風呂に子供が倒れてる！」

「えっ⁉　子供⁉」

慌てて駆け寄った僕は、倒れている子供を抱きかかえる。

もしかしてモンスターに襲われたのか……と思ったけど、これといって外傷はない。ぐったりとしているけれど、命に別状はなさそうだ。

ただ気絶してるだけなのかな？

最初は男の子かと思ったけど、可愛らしい女の子だった。

絹のように綺麗なピンクの長い髪をふたつに結んでいて、白と赤を基調とした和服というか巫女服のようなデザインの服を着ている。

年齢は僕と同じくらいかな？

村の広場で遊んでいても、なんら不思議じゃない感じの女の子。

だけど、ひとつだけ気になったのは、彼女の額についている「それ」だった。

薄いピンク色をした、ふたつの角。

そういう額当てをしているのかと思ったけど、立派な角が額から生えている。

「この娘《むすめ》……」

と、頭の上からシロンの声がした。

「この子、知ってるの？　シロン」

「いや、この娘を知っているわけではない。だが、こいつは――」

「そいつから離れろヒビキ！」

緊迫したような声が響く。

振り向くと、ラティナさんが矢じりをこちらへ向けていた。

「ど、どど、どうしたの急に⁉」

「その娘……鬼人族だ！」

「えっ？　鬼人族？」

って、何？

「数十年前、この島の覇権を巡って人間と争った亜人たちのことだ！　非常に好戦的で血の気が多い！　目を覚ました瞬間に襲われるぞ！」

「ま、まさか……」

亜人というのはリザードマンみたいな半分人間の形をしたモンスターのことだ。リザードマンは半分トカゲのモンスターだけど、鬼って何だろう。

もしかして、悪魔的な種族？

でも、この子からはそんな危険な雰囲気は全くしないけど。

「関わると間違いなくトラブルになる。鬼人族は言葉も通じないし、そのまま放置しておいたほうがいい」

「でも、すごく衰弱しているみたいだし」

ひどくやつれているように見える。

駄女神様ほどじゃないけれど、目の下に隈もできてるし。

このまま放置するのは、ちょっと可哀想な気がする。

「……う、ん？」

女の子の瞼がゆっくりと開いた。

良かった。気がついたみたいだ。

「あうぅ……ここ、どこ？」

女の子はぼんやりとした顔で辺りを見渡す。

ラティナさんは言葉が通じないって言ってたけど、はっきりとわかるな――と不思議に思ったけど、そういえば【翻訳】スキルを持ってたんだった。

「だ、大丈夫ですか？」

「うん、平気。ちょっとお腹が空いて……って、うにゃぁっ⁉」

「あ、わ、わ⁉」

女の子は目をギョッと見開くと、ジタバタと暴れ出し、僕の腕の中から強引に逃げ出す。

「にっ、にににににに、人間っ⁉　何⁉　ユーユに一体、何をしようとしてたわけ⁉」

ユーユと名乗った女の子はキッと僕を睨みつけると、どこから取り出したのか、短刀の切っ先を向けてきた。

「気をつけろヒビキ！　鬼人族は武器を召喚するスキルを持っている！」

「ぶ、武器を召喚？」

何それ！　すごいチートスキル！

「今すぐここから立ち去れ鬼人族の娘！」

ララティナさんが、ユーユさんに矢を向ける。

「さもなければ……その脳天にこの矢を打ち込むぞ！」

「なっ、な、何を言ってるのか全然わからないけど、ユーユに危害を加えるつもりなら、その矢が届く前にユーユの短刀がお前の首をかき斬るからねっ！」

「ちょ、ちょっと、待って！　ふたりとも落ち着いてください！」

一触即発の空気。

慌ててふたりの間に割って入る。

「とりあえずララティナさん、弓を下ろして」

「し、しかし、ヒビキ……」

「この子も混乱しているでしょうし、無駄に刺激しちゃ話もできないよ」

ユーユさんは怯えている。

ここは友好的に接したほうが無難だろう。

「ユーユさん、落ち着いてください」

努めて優しくユーユさんに語りかける。

「僕たちはユーユさんに危害を加えるつもりなんてありません。だからどうか、その剣を下ろしてください」

「そんなこと言って……ユーユは騙されないんだからね⁉　武器を下ろした瞬間、ユーユを暗いところに連れていって、エッ……エッ……エッ……エッチなことするつもりなんでしょ⁉」

「……はい？」

変な声が出ちゃった。

何を言っているんですかこの人は。

「あたしの見た目が可愛いからって舐めたら痛い目に遭うよ！　ユーユは強いんだから！　お前らなんて、あっという間に片付け……片付にゃ……にゅ……」

息巻くユーユさんだったが、まるで釣り糸が切れてしまった人形のように、その場にバタンと倒れてしまった。

しばしの沈黙。

チョロチョロと温泉が流れる音だけが辺りに響く。

僕はラララティナさんと顔を見合わせた後、恐る恐るユーユさんに声をかけた。

「あの……どうしました？」

「お、お腹が減って……力が出ない……」

ユーユさんのかすれる声に呼応するように、グググウと地響きのような音がした。どうやらユーユさんのお腹の音みたい。

ああ、なるほど。

事情はよくわからないけど、お腹が空いてここで行き倒れちゃったのか。

これは長い間、何も食べ物を口にしていないのかもしれない。

ううむ。これはますます放置できなくなっちゃったな。

「あの、ラララティナさん？　このままユーユさんを放置するのは可哀想だし、村に連れていかない？」

「いや、さすがにそれは……う、むぅ」

一瞬否定しかけるラライティナさんだったが、難しい顔で思案し始める。

鬼人族の恐ろしさを知っているのだろうけれど、さすがにお腹を空かせた女の子を放置していくのに罪悪感を覚えたのかもしれない。

「……わかった」

ラライティナさんはしばし考えた後、小さくコクリと頷いた。

「その娘を村に連れていこう。ただし、村の民に危害を加えるようなら……容赦しないからな？」

「そのときは僕が責任を持って対処するよ」

そうならないことを祈るばかりだけど。

ユーユさんを背負い、僕たちは急いでフラン村へと戻った。

＊＊＊

ユーユさんはララティィナさんの屋敷に連れていくことにした。

あまり人目に晒すとトラブルになっちゃいそうだし、ここで様子を見るのがいいだろうからね。

客室に使っている部屋のベッドに、ユーユさんを寝かせる。

キッチンから適当に食べ物を持ってこようかと思ったとき、ふとユーユさんが目を覚ました。

また騒がれちゃったら面倒なので、状況をしっかり説明しておこう。

そう思ったんだけど、すぐに目を閉じてしまった。

「……ふむ、また気を失ってしまったようだな」

ララティィナさんが神妙な面持ちで言う。

なんだか変な感じだな。

ここに連れてくるまで、何度か目を覚ましては気を失うということを繰り返していた。単純にお腹が空いているってだけじゃなさそうだ。

「もしかして、何か病気を患っているのかも……」

「よし、私が治療所から医者を連れてこよう。ヒビキは食べ物を用意してもらってもいいか？」

「うん、わかった」

ララティィナさんと一旦別れ、キッチンへと向かう。

ここ最近、自分で料理をするようになったので何か作ってあげようかと思ったけど、ひとまず籠に入っていた黄金トマトを3つほど取って部屋へと戻る。

ユーユさんは苦しそうな顔で目を閉じていた。

ううむ。これは本当に病気なのかもしれないな。

だけど、とそんなユーユさんを見て思う。

この症状、どこかで見たことがあるんだけど……どこだったっけ？

「しかし、鬼人族とは珍しいな」

頭の上からスタッとベッドの上に降りてきたシロンが、まじまじとユーユさんの顔を覗き込む。

「鬼人族のことについて何か知ってるの？」

「まぁ、おおよそのことはな」

「ほんと？　ちょっと教えてくれないかな？　知っておきたいんだ」

「構わんが、少し長い話になるぞ？」

「しばらくユーユさんも目を覚ましそうにないし、聞かせてよ」

「ふむ、わかった」

シロンはユーユさんの隣にちょこんと腰を下ろし、続ける。

「鬼人族はゾアガルデの歴史と深い関わりがある種族だ。故に、まずはゾアガルデの成り立ちから話す必要がある」

「ゾアガルデの成り立ちって、この島国に経緯があるの？」

「ああ。ゾアガルデは今でこそいくつかの島から構成されておる小さな島国だが、数百年前は巨大な大陸だったのだ」

数百年前って、いきなり壮大な話だね。

もしかしてシロンってそんな昔から生きてるの？

見た目、子犬なのに。

「ゾアガルデは女神アルテナ様によって生み出された『聖樹』と呼ばれる精霊樹によって守られ、長く平和な時代が続いていた。だが、１００年ほど前に地殻変動によってほとんどの陸地が海の中に沈んでしまったのだ」

そして、残されたのが今の点在する島々だとシロンは言う。

「当時、ゾアガルデには多くの人間や亜人たちが住んでいた。しかし、地殻変動によってほとんどの陸地がなくなってしまったことで、土地と資源を巡って争いが起きたのだ」

「それがララティナさんが言ってた、人間と鬼人族の争いってこと？」

「そうだ」

人間と鬼人族の争いは数十年にも及んだという。

戦いは一進一退を繰り返し、おびただしい数の戦死者を生んだ。

このままでは人間族も鬼人族も島から姿を消してしまうと思われたとき、ゾアガルデの守り神たる聖樹の仲裁によって、ようやく戦いは終わりを告げた。

「それからさらに年月が経ち、瘴気の影響もあって今では鬼人族の里は片手で数えるほどしかないと言われておる。こうして出会えるのも稀《まれ》だ」

「瘴気……？」

それを聞いて、とあることが僕の脳裏に蘇った。

そうか。このやつれ方、どこかで見たことがあると思ったけど瘴気に侵されていたときのララティナさんとそっくりなんだ。

昏睡状態と覚醒状態を繰り返す睡眠障害。

瘴気の毒が進行すると食事すらできない状態になり、体力がなくなってしまったとき、永遠の眠りにつく。

「う、う……ん？」

と、ユーユさんがゆっくりと瞼を開けた。

とろんとした寝ぼけた顔が、僕を見た瞬間に驚いた顔に変わっていく。

「……っ!?　あ、あんたは……っ！」

「ちょ、ちょっと待って。落ち着いて。大丈夫だから」

「というか、ここどこ!?　こんな部屋にユーユを連れてきて、またエッチなことをするつもりなんでしょ！」

「またって何さ!?」

そんな性犯罪の常習犯みたいに言わないでくれる!?

こちとら童貞なんですけど！

「早くここから出してよ！　さもないとあんたもあたしの剣の錆にして――」

「少し落ち着け、娘」

　わふっと鳴いたシロンがユーユさんの顔に手を当てる。

　瞬間、風船がしぼんでいくようにユーユさんの表情から怒りの感情が消えていく。

「……可愛いワンちゃん」

「吾輩は可愛いが、ワンちゃんではない」

「え？　え？　何？　何て言ってるの？」

　さっきの怒りはどこへやら。

　嬉しそうにそっとシロンを抱きかかえるユーユさん。

　シロンの言葉はわからないみたいだけど、一発でメロメロになっちゃったみたいだ。

「モフモフしてて可愛い……」

「ナデナデしても良いが、そう怒鳴ると体力を失うぞ？　ヒビキが持ってきた黄金トマトを食べて体力をつけるが良い」

「……えっと」

　ユーユさんが困ったような視線を僕に向ける。

「この子、何て言ってるの？　わかる？」

「興奮すると体力がなくなっちゃうから、とりあえずこれを食べて体力をつけろ、だってさ」

　持ってきた黄金トマトをユーユさんに差し出す。

「……え？　トマト？」

「うん。果物みたいに甘くて美味しいから、きっと口に合うはずだよ」

「ど、どういうつもりなの？　人間のくせに鬼人族に優しくして。それに、当然のようにあたしたちの言葉をしゃべってるし――」

と、そのときだ。ユーユさんの言葉を遮るように腹の虫がグウと鳴いた。

静寂が部屋の中に漂う。

「………………」

どうやらユーユさんは言葉と一緒に表情も呑み込んじゃったみたい。

「と、とりあえず食べてよ？　話はそれからにしよう？」

「……う、うん」

ユーユさんは僕から黄金トマトを受け取ってしばらくじっと見つめた後、恐る恐るかじりついた。

「……っ⁉」

瞬く間に彼女の表情に驚嘆《きょうたん》の色が広がる。

「う、うまっ⁉　な、な、何これ⁉」

「黄金トマトっていうこの村の特産品だよ。もっとあるから好きなだけ食べて」

「お、お。黄金トマト⁉　ドラゴンの大好物って言い伝えが残されてるアレ⁉　ずっと昔に食べられなくなったって聞いたけど……」

「僕たちが復活させたんだよ」

「そっ……」

そんなバカな――と言いたかったんだろうと思う。

だけど、黄金色に輝くトマトが目の前にあるので信じざるを得ない。

ユーユさんはしばし葛藤《かっとう》して、再びトマトを食べ始める。

本当にお腹が空いていたんだろうな。

ユーユさんはあっという間にひとつ目を食べ終えてしまった。

物足りなさそうな目で見られたのでそっとふたつ目を差し出したら、凄まじいスピードで受け取ったのがちょっと面白かった。

「……それで、キミはどうしてあそこに？」

「………」

ユーユさんは敵意が籠もった視線を向けてくる。

だけど、食べ物をくれた相手に失礼だと思ったのかもしれない。

ユーユさんはしばしトマトと僕を交互に見て、不承不承といった雰囲気で口を開いた。

「……た、食べ物を探してた」

「食べ物？」

「うん。もう何日も満足に食べてない。それに、睡眠も……」

ごくんとトマトを飲み込み、ユーユさんは続ける。

「ここからずっと北にユーユたちが住んでた鬼人族の里があったんだけど、少し前に瘴気に襲われて住めなくなっちゃったんだ。それで、お父様や生き残った仲間と一緒に移住できる場所を探してたんだけど、はぐれちゃって……」

「……なるほど」

それで岩風呂のところで気を失っちゃったってわけか。

症状が似ていると思ったけど、やっぱり瘴気で睡眠障害を起こしていたんだな。とはいえ、まだ軽度といったところかもしれない。

だけど、このままだと満足な睡眠が取れずに衰弱していくだけだ。

早く彼女の家族を探してあげたいけど、まずは瘴気を浄化してあげたほうが良さそうだ。

「それで、ここはどこなの？」

「ここはフラン村。キミはこの村の近くにある温泉宿で倒れてたんだ。僕はこの村の領主を任されてるヒビキ。よろしくね」

「りょ、領主？　あんたが？」

「こんな子供が領主だなんて驚いた？」

「そ、そんなこと、ない。鬼人族にもあんたと同じくらいの年齢の族長はいるし」

恥ずかしそうにユーユさんがうつむく。

なんだか少しずつ心を開いてくれてる気がするな。

「とりあえず今日はここで休んでいってよ。ひと晩泊まれば、キミの体の中にある瘴気も浄化されると思うから」

「浄化？　そんなことできるわけないじゃない」

「少し前までこの村も瘴気の被害を受けていたんだ。だけど、見ての通り絶滅したコレが復活するくらいまで瘴気を浄化できたんだよ」

そう言って、最後の黄金トマトを差し出す。

ユーユさんはそっと僕からトマトを受け取り、まじまじと眺め始める。

そしてパクッとひと口頬張る。

「……むぐ、そこまで言うなら、とっ、泊まってあげなくもないけど」

恥ずかしそうにプイッとそっぽを向くユーユさん。

素直じゃないなぁと笑ってしまった。

「うん。ぜひそうしてよ。じゃあ、僕はもっと食べ物を持ってくるから――」

「あっ……ちょ、ちょっと待って！」

部屋を出て行こうとしたとき、慌てて止められてしまった。

「ん？　どうしたの？」

「あ、あの、ええっと……ありがとう。その、ユーユを助けてくれて」

頬を赤らめるユーユさん。

なんだかほっこりしてしまった。

鬼人族は血の気が多くて危険な存在だって言っていたけど、その考えは改めたほうが良さそうだ。

「大丈夫、気にしないで。じゃあ、食べ物を持ってくるから」

「う、うん。ありがとう」

ギュッとシロンを抱きしめるユーユさん。

すっかりお気に入りになっちゃったみたいなので、シロンは部屋に残したままキッチンへと向かう。

さて、どうしよう。ララティナさんはまだ帰ってきてないので、ちょっと料理でも作っちゃおうかな。

少し前から趣味の一環で料理をやり始めたんだよね。

まぁ、味はララティナさんと比べると遠く及ばないけど。

「……でも、何を作ろうかな？」

ふ〜む、とキッチンのテーブルの上に乗っている食材を眺めた。

主にフラン村で採れた食材たちだけれど、行商人から買い付けたものも多い。

カブに白菜。

ニンジン、タマネギ、ホウレン草……あっ、鶏肉もあるな。

「よし、チキンの黄金トマト煮を作ってみよう」

前に一度作ったんだけど、かなり美味しかったんだよね。

というわけで、早速料理を作り始める。

まずは、香り付けのためのニンニクから。

香りが出やすいように潰してから鍋に入れる。

オリーブオイルを入れて、香りを油に移すために軽く火を通す。

それからタマネギ、ニンジンをさいの目に切っていく。

大きめに切るのは、ちょっとカレーっぽく食べごたえを出したいからだ。

野菜を切ったら鍋に入れて炒める。

僕に料理を教えてくれたラティナさんが言うには、「弱火でじっくり野菜の甘みを出すのがポイント」なんだって。

確かに彼女が言う通り、さっと炒めたときより甘みが強かったんだよね。

炒め終わったら、鶏肉の下準備。

鶏肉を切って、塩コショウの下味をつける。

よく揉んで、水分が出てきたらフライパンで焼く。

きつね色に焼けたら白ワインを入れて、鶏肉部分の完成。

それを鍋の中に入れて、黄金トマトと水を投入。

ローズマリーとワインビネガーを少々。

これを入れると、ぐっと味が締まる。

あとは蓋をして20分ほどグツグツと煮込めば、黄金色に輝く濃厚なチキンのトマト煮込みの完成だ。

ちょっと味見をしてみたけど、濃厚なトマトの味が柔らかくてジューシーな鶏肉に染み込んでいてすごく美味しい。

うん、これならユーユさんも気に入ってくれるはずだ。

「いい匂いがすると思ったら、料理をしていたのか」

キッチンにララティィナさんの声がした。

「おかえり。医師さんはどう？」

「ユーユの部屋に案内したぞ。鬼人族の姿を見て怖がってはいたが、眠っていたので診てもらっている」

「そっか。ありがとう」

後で医師さんにもちゃんとお礼を言っておかないとな。

というか、また昏睡状態に戻っちゃったか。

早く瘴気を浄化してあげないと。

「ほほう、それはチキンのトマト煮込みか？　美味しそうだ」

「でしょ？　ユーユさんに食べさせてあげようかと思って」

「そうか。ユーユに食べ……ぬぁんだとっ⁉」

素っ頓狂な声をあげるララティィナさん。

「まっ、まさか、ユーユにヒビキの手料理を食べさせるというのか⁉　わ、わわ、私ですらまだ片手で数えるほどしか食べたことがないのにっ⁉」

「もちろんララティィナさんの分もあるよ？」

「そ、そういう話ではないっ！　が！　ありがたく頂戴する！」

「……？」

悔しそうで嬉しそうな、微妙な顔をするラティナさん。

なんだか面白い顔だな。

ラティナさんにも味見をしてもらったところ「筆舌に尽くし難いほど美味いが、隠し味に愛情を入れてるんじゃないだろうな？」と不機嫌になってた。

意味はよくわからないけど、美味しいという評価と受け取ってユーユさんに持っていくことにする。


僕が部屋についたときには、ユーユさんが目を覚ましていた。

ラティナさんが連れてきた医師さんは、怯えた顔で部屋のすみっこで震えていたけど。

彼にユーユさんの容態を尋ねたところ、やっぱり瘴気による不眠症の症状が出ているらしい。

診てくれたお礼にトマト煮をごちそうしてあげようかと思ったけど、慌てて帰っちゃった。それほど鬼人族が怖かったみたい。

本当に無理をさせてすみません。

「……美味しそうな匂いがする」

ユーユさんがじっとこちらを見ていた。

「黄金トマトを使ったチキンのトマト煮だよ」

「チキンのトマト煮……」

ユーユさんの心境を代弁するかのように、彼女のお腹が鳴った。

恥ずかしそうに顔を真っ赤にしてお腹を押さえるユーユさん。

なんだか可愛くて笑ってしまった。

「……っ！　わ、笑うなっ！」

「ご、ごめんごめん。すぐに食べさせてあげるから待ってて」

部屋のテーブルにお皿を置いて盛り付ける。

すぐに部屋の中に美味しそうな香りが漂い始める。

「はい、どうぞ」

「い、いただきます……」

鶏のもも肉をぱくりと頬張った。

瞬間、驚いたように目を丸くする。

「こ、これ、あんたが作ったの？」

「うん。でも、味に自信があるわけじゃないから、もし好みじゃなかったらラティナさんに別の料理を作ってもらってもいいし――」

「ばっ、ばかっ！　おばかっ！　すごく美味しいからっ！　こんな美味しいもの食べたことがないからびっくりしただけっ！」

「そ、そう？　それは良かった」

「……ぅあぁぅ」

爆発してしまいそうなほど、顔を赤くしてうなだれるユーユさん。

思わず本心が出ちゃったのかな。

でも、美味しいって言ってもらえて僕も嬉しいな。

食事の後は温泉にも入ってもらいたいけど、さすがに村の人たちに悪いよね。

というわけで、お腹いっぱいトマト煮を堪能してもらったところで、休んでもらうことにした。

僕とラティナさんもトマト煮を食べて、今日は早めに就寝。

より高い【安眠】スキルの効果をユーユさんに付与してあげるため、僕とシロンは彼女の近くで寝ることにした。

前にラティナさんにしたような添い寝とまではいかないけど。

だって、ラティナさんが「添い寝は絶許《ぜつゆる》」と言いたげに、すごい目で僕を睨《にら》んでたんだもん。

そして、翌朝。

いつものように快眠度アナウンスで目を覚ます。

《今回の快眠度は「５００」です》

うん、なかなかいい数字が出たね。

やっぱりチキンの黄金トマト煮を食べたおかげかな。

スキル効果で【浄化（大）】が出ていたので、一緒に寝たシロンの【広域化】でユーユさんの瘴気も浄化されているはずだけれど――。

「うっひゃあああああっ⁉」

「……うわっ⁉」

「なんだ⁉　モンスターか⁉」

突然の叫び声が部屋に轟き、一緒に寝ていたシロンが飛び起きてしまった。

一体何事だと思って振り向くと、縮こまったユーユさんが顔を覆った指の隙間からこっちを見ていた。

「あっ、ああ、あ、あああ……」

「え？」

「あ、あたしたち——一緒に寝たの⁉」

「あ、いや、一緒のベッドでは寝てないから安心して？」

「安心しろぉ⁉　こっ、こんなに近くで一緒に寝ちゃったら……子供ができちゃうでしょぉおおおっ⁉」

「どういう理屈？」

近くで異性と寝たら子供ができるとか、幼稚園児かな？

一体どういう教育を受けてきたんだか。

でもまぁ、そんな盛大な勘違いができるくらい元気になったんなら、瘴気は浄化されたって考えていいよね。

「どうした、ヒビキ⁉」

突然扉が開け放たれる。

部屋の入り口に立っていたのは、寝巻き姿のラティナさん。

彼女はユーユさんと僕を交互に見て、サッと顔を青ざめさせる。

「ま、まさかヒビキ……私というものがありながら……やはりそういうことをするつもりで……」

「ちょっと待ってラティナさん、違う。全然違うから」

めちゃくちゃ勘違いしてる。

昨日ちゃんと説明したのに……と、げんなりする僕をよそに、ラティナさんはズカズカと部屋に入ってくると、僕の腕をガッシと掴んだ。

「手料理に添い寝……悪いがユーユ！　貴様をこれ以上、ヒビキのそばにいさせるわけにはいかんっ！　ヒビキは私の夫なのだぞ！」

「……っ⁉　な、何⁉　言葉は全然わかんないけど、ユーユからヒビキを取ろうったってそうはいかないんだからね⁉　だってユーユたち、一緒の部屋で寝た仲なんだから！」

ユーユさんが憤怒の表情で反対側の腕を掴んでくる。

怒るふたりの可愛い女の子。

その間で、大困惑している僕。

うん、ちょっと待って？

ラティナさんは、まぁわかるけど……何でユーユさんも？

心を開いてくれたのは嬉しいけど、いきなり開きすぎじゃない？

「ええい！　今すぐその手を離せ、ユーユ！」

「ああもう、その手を離しなさいよ、クソ人間！」

僕を間に挟み、ぎゃあぎゃあと喧嘩を始めるふたり。

どうしてこうなった。

僕はただ、死にそうだったユーユさんを助けたかっただけなのに。

「なるほど」

くああ、と大きなあくびをするシロン。

「これが俗に言う修羅場というやつか」

「……今、現実逃避してるから黙っててくれる？」

両手を女の子にグイグイと引っ張られながら、つくづく思う。

次から誰かを助けるときは、あまり肩入れしないでおこう、と。

＊＊＊

僕にいろいろな意味で心を開きまくってくれたユーユさんは、すっかり元気になったみたいだ。

もう一度お願いして医師さんに診てもらったけど、瘴気に侵されたときに起きる睡眠障害の症状は出ておらず、至って健康だという。

とはいえ、満足に食事が取れていなかったみたいだから、しばらくここに滞在して体力をつけてもらってから親御さんの元に帰っていただこうと思う。

そういうわけで、ユーユさんの問題は解決した。

——と思ったんだけれど、別の問題が僕を悩ませていた。

「フフ、どうしたのだ、ユーユ?」

屋敷のリビング。

板張りのフローリングを指でスッと撫でたララティナさんが、勝ち誇ったような笑みを浮かべた。

「リビングにホコリが残っているぞ?」

「ええっと、『リビングにホコリが残っている』そうです」

げんなりした顔でララティナさんの言葉をユーユさんに翻訳する。

大きなほうきを両手に持ち、頭にほっかむり帽をしたユーユさんは鋭く尖った犬歯をむき出しにした。

「……っ！　い、今からやるところだから！　というか、あたしに構ってないであんたも自分の仕事をしなさいよ！」

「……ええと」

今度はその言葉をララティナさんに伝える。

「そうか。では私はヒビキと一緒に昼食を取らせてもらおう」

さらにその言葉を——以下略。

「んなっ!?　何でそうなるのさっ!?」

「私が担当している洗濯は終わったからな。ほら、庭を見てみろ。綺麗に干してあるだろう?」

「ず、ずるいっ！　じゃああたしの掃除を手伝ってよ！」

「ん？　まぁ、手伝うのは構わんが……ひとりで掃除も満足にできないという評価を下されるが良いのか？」

「……ぐぎっ！」

ユーユさんはしばし葛藤した後、泣きそうな顔で「ひとりでやるもんっ！」と掃除を再開する。

ああ、疲れた。

ユーユさんが元気になってくれたのはいいんだけど、いがみあうのはやめてくれないかな……。

毎回通訳しないといけないのがめんどくさすぎるんだよね。

というか、【翻訳】スキルもシロンの【広域化】で周りの人たちに効果が波及すればいいのに、なぜか【安眠】スキルだけにしか効果がないみたい。

ふたりはあれから毎日のように「どっちが家事が上手いか」勝負をしているみたいなんだけど、毎回ラティナさんが勝利してるらしい。

掃除に洗濯……料理まで完璧にこなすラティナさんに勝つのって、ユーユさんじゃなくても相当難しいと思うから仕方ないよ。

だけど、家事以外ではユーユさんに軍配が上がっているらしい。

例えば、モンスターとの戦いだ。

先日ユーユさんも一緒に周辺の見回りをしたんだけど、スキル【物質召喚】で呼び出した巨大な大槌《おおづち》を使って、狼の群れを一瞬で殲滅《せんめつ》していた。

鬼人族の身体能力は人間の数倍あるって話だったけど、予想以上の強さでびっくりしちゃった。

さすがにララティナさんも、すごく悔しそうな顔をしてたっけ。

「いいかユーユ」

ララティナさんが諭すように言う。

「ヒビキの正妻として必要なのは『家事力』だ。つまり私こそヒビキの正妻にふさわしい」

「何言ってるのかわからないけど、ヒビキの奥さんに必要なのは『戦闘力』だよね。つまり、ヒビキの背中を任せられるあたしこそ、ヒビキの奥さんにふさわしいってわけ！　わかった、ララティナ？」

「ん、ふたりともちょっと待って」

いつの間にそんな話になったんですかね？　妙に気合が入りまくってるなって思ってたけど、最初からそういう話だったの？

というか、本当に意味がわからない。

ユーユさんってば、なぜか僕のお嫁さんポジにつきたがってるし。

心を開いてくれたのは嬉しいんだけど、やっぱり開きすぎ感がハンパない。

それが村の人たちにも伝わってしまっているのか、ちょっとした議論も起きちゃってるみたいなんだよね。

いつまでユーユさんを村に滞在させるのか――という議論だ。

鬼人族を村に滞在させておくことを危惧している人は少なからずいる。

主に年配のララティナさんの親族たちで、中には「今すぐフラン村から追い出すべきだ」なんて主張している人もいる。

ちなみに、サティアさんをはじめとする村の若い人たちは「居たいなら自由にさせたら?」というスタンス。

鬼人族の恐ろしさを体験している世代と、そうじゃない世代で大きく意見が分かれているという感じだ。

僕としてはサティアさんたちと同じく、ユーユさんが村に居たいのならそうさせてあげたいんだけど、ラティナさんの親族たちの気持ちもわかる。

それに、ユーユさんの家族のこともある。

食べ物を探しているときにはぐれちゃったってユーユさんは言ってたけれど、だとしたら彼女のことを探しているはず。

だから一刻も早く、彼らの元に戻してあげるのがいいとは思うけど——。

「ヒビキ様!」

と、リビングに僕の名を呼ぶ声が響いた。

ラムヒルさんだ。

顔が真っ青になっているけど、どうしたんだろう?

「た、たた、大変です!　村に賊が……!」

「……えっ!?」

賊って……まさか盗賊が来たのか?

僕がこの村にやって来て結構な時間が経つけれど、盗賊が現れたことはない。黄金トマトの噂を聞きつけてやって来たのだろうか。

「村の人たちに被害は？」

「冒険者が数人ほど……賊は村の代表が出てくることを望んでいるようで」

「わかりました。僕が行きましょう」

「お、おい、待てヒビキ」

止めてきたのはララティナさんだ。

「ヒビキはフラン村の領主だが、村の代表は亡き父の後を継いだ私だ」

「でも相手は賊だよ？　姿を見るなり襲いかかってくる可能性がある。ここは僕に任せてよ」

「し、しかし」

「大丈夫。今日もしっかり睡眠を取って【安眠】の効果が出てるから」

今日の快眠度は５００だったっけ。

【打撃耐性（無効）】に【斬撃耐性（半減）】も出ているし、争い事になったとしても不覚を取ることはないと思う。

「う……むぅ」

日々のモンスター退治で僕の強さをわかっているのだろう。ララティナさんは少し考えた後、こくりと頷いてくれた。

「わかった。だが、いざというときのために私も同行するぞ」

「ユーユも行く！」

と、元気よく手を上げたのはユーユさんだ。

ラティナさんが胡散臭そうな視線を向ける。

「……ついてくるつもりか？　なぜお前が？」

「ええと……ララティナ、ザコ。アタシ、ツヨイ」

「……んなっ⁉」

カタコトで人間語を話すユーユさん。

うわ～、ユーユさんってば、そういう言葉は知ってるのね。

煽《あお》り性能高いなぁ。

――なんて感心している場合じゃなく。

場外乱闘が始まりそうだったので、慌てて割って入る。

しかし、どうしよう。

客人を同行させるのはマズいかなと思うけど、盗賊と乱戦になったらユーユさんの存在はありがたいしなぁ。

ここは同行をお願いしておくべきかもしれないな。

「わかりました。ユーユさんもお願いします」

「やった！」

「シロンはどうする？」

「その賊というものが気になる。吾輩も行こう」

というわけで、全員で賊が現れたという場所へと急ぐことになった。

途中、ラムヒルさんに状況を詳しく聞いたところ、数人の冒険者が賊を対処しようとしたらしいんだけど、返り討ちに遭ってしまったとか。

命に別状はないんだけど、大怪我をして治療所に運ばれたみたい。

黄金トマトの売買が始まって村が活気づき、冒険者の質も上がってきていたはずなのに簡単にやられちゃうなんて。その賊は相当な手練《てだ》れだな。

これは気を引き締めないと痛い目に遭っちゃうかもしれない。

「あそこです、ヒビキ様！」

ラムヒルさんが指さした先。

広場の一角に、剣を構えている冒険者たちの姿が見えた。

どうやら誰かを取り囲んでいるみたいだ。

「おお、ヒビキ様だ！」

「ヒビキ様がいらっしゃったぞ！　道を開けろ！」

「す、すみません……」

村の人たちや冒険者たちの間をかき分けていくと、あぐらをかいて座っている男性が見えた。

年齢は30代くらいだろうか。

黒い和服姿で首には赤いマフラーのようなものを巻いている。

長い黒髪を後ろで結んでいて、どこかサムライっぽい雰囲気がある。

そして、特筆すべきは、彼の額に生えているもの。

黒い角。

この人――鬼人族だ。

「……ようやく来たか。人間の長」

男はゆっくりと顔を上げ、こちらをじろりと睨みつける。

「某《それがし》の名はカイエン。鬼人族カブラギ一族の長にして、羅刹《らせつ》王の異名を持つ者――」

「あれっ？　お父様？」

僕の背後から声がした。

一緒についてきたユーユさんだ。

「どうしてお父様がこんなところに？」

「……ユ、ユーユ!?」

カイエンと名乗った鬼人族の表情から、みるみる怒気が抜けていく。

「おお！　ユーユ！　そこにおるはまさしくユーユではないか！　探したぞ！」

カイエンさんがユーユさんの元に駆け寄ろうとする。

だが、囲んでいた冒険者たちが一斉に剣を向けた。

「う、動くな鬼人族！　あ、あ、暴れるなら容赦はしないぞ！」

「む……？」

剣を向けられ、カイエンさんの空気が一瞬で変わった。

「……なるほど。そういうことか。ようやく理解したぞ。ここにいる人間どもの策略にはめられてしまったというわけだな、ユーユ⁉」

「……へ？」

「はい？」

ユーユさんと一緒に、思わず変な声が出てしまった。

はめられたって、何が？

「忌々しい人間どもめ。この羅刹王の娘を誘拐するとは――万死に値する！」

「……うわっ⁉」

カイエンさんが腰に下げていた剣を抜いた。

瞬間、凄まじい衝撃が走り、周囲の冒険者たちが弾き飛ばされた。

何かスキルを使ったのか？

というか、カイエンさんが持っているあれは剣じゃなくて刀だ。

赤い刀身の美しい刀――。

なるほど、見た目だけじゃなくて武器も和風なんだな――って、そんな呑気なことを考えている場合じゃなくて！

策略とか誘拐って、なんだか盛大に勘違いされてる気がするんですけど⁉

「ご、ごめんユーユさん！　お父さんに説明するから僕と一緒に来て⁉」

「えっ？　一緒に？　……うん！　もちろんどこまでもついて行くよ！　伴侶として生涯をともにすることを誓います！」

嬉々とした表情で僕の腕を掴んでくるユーユさん。

あ、いや、そういう意味じゃなくてですね。

ああ、もう！　親子して勘違い祭りはやめてよ！

「待てヒビキ！　どこに行くつもりなのだ⁉」

僕の肩を、今度はラティナさんが掴んできた。

「まさかあの鬼人族と交渉するつもりか⁉」

「なんだかめちゃくちゃ勘違いされてるみたいだから、誤解を解こうかと……」

「バカ者！　行けば殺されてしまうぞ！」

「だ、だけど、このままだと村の人たちや冒険者たちにも被害が及んじゃうよ！」

「しかし、あの男は――あ、ヒビキ！」

「ごめんなさい、ラティナさん！」

僕はラティナさんの手をふりほどき、ユーユさんとカイエンさんの前に出る。

カイエンさんが鋭い視線をこちらに向けた。

「……ユーユ。無事か？」

「あ、うん。あたしは元気だけど……」

「人間め。馴れ馴れしく娘の手を握りおって」

カイエンさんがギロリと僕を睨んできた。

小さな悲鳴みたいな声が喉の奥から出てくる。

「あ、あの、武器を置いていただけませんか」

「ほう？　鬼人族の言葉が話せるのか。珍しい人間だな」

ニヤリと笑みを浮かべるカイエンさん。

そんな顔も恐ろしい。

僕は小さく深呼吸をして続ける。

「あ、あなたは我々のことを誤解しています」

「誤解だと？」

「はい。僕たちは誘拐なんてしていません。村の温泉宿で倒れていたところを保護したんです。瘴気に体を蝕《むしば》まれていたようだったので治療を」

「瘴気を治療だと？　そんなことができるわけがない」

「僕のスキルでできるんです。その証拠にユーユさんは――」

「娘の名前を軽々しく呼ぶなッ！　このたわけがッ！」

「……ごめんなさいっ⁉」

凄まじい気迫に思わず尻もちをつきそうになってしまった。

これは気迫じゃなくて、覇気ってやつなのか？

「某はこの数十年、この地の瘴気を浄化するための秘術を探し求めてきたが、その兆しすら現れていない。瘴気を解毒するなど、不可能な話なのだ！」

「で、ですが」

「黙れ童《わっぱ》！　これ以上、貴様の戯言《たわごと》につき合うつもりはない！　娘に手を出した罪は重いぞ！

貴様とここにいる者、全員の命をもって償《つぐな》ってもらおう！」

「うええっ⁉　ちょ、ちょっと待ってください！」

まずいまずい！

考え得る中で最悪のパターンになってきてるよ！

「ユ、ユーユさん！　お父さんを説得してください！」

「え？　あ〜……うん、ええっと、ご、ごめんねヒビキ？」

ユーユさんは心底気まずそうに続ける。

「何ていうか、ああなっちゃったお父様は何を言っても聞かないんだよね。力で大人しくさせない
とだめっていうかさ……えへへ」

テヘペロと小さく舌を出すユーユさん。

何それ⁉　とんでもないお父さん！

鬼人族の大人って、みんなそんな頑固者なの⁉

やっぱり鬼人族って血の気が多いんだね！

「シ、シロン！　何かいい方法はないかな⁉」

「ふむ。鬼人族の長は一族の中で最も強い者が就任すると聞く。大人しくさせるには、相応の力を

示すしかないと思うぞ」

「……んああ、もうっ！」

頭を抱えたくなった。

穏便に済ませたいんだけど、どうやっても戦うしかないってことじゃないか。

や、いざとなったら剣を交えるのは覚悟してたけどさ。

――こうなったら仕方がない。

村の人たちに怪我をさせるわけにはいかないし。

巻き添えを避けるために、冒険者や村の住民たちを広場から避難させる。

心配そうにこちらを見ているラティナさんと目が合ったので、大丈夫と微笑んでみせた。

「相手が子供とて、容赦はせぬぞ」

遠巻きに村の人たちが見守る中、カイエンさんがゆっくりと刀を構える。

それに応えるように、僕も腰から剣を抜いた。

「大丈夫です。これでも結構、実戦経験はありますから」

「そのような貧弱な剣で我が妖刀・火鴉丸《ほがらすまる》と戦おうなどと、経験豊富とは到底思えぬがな？」

「火鴉丸……？」

って何？

あの赤い刀のことかな。

「ねぇシロン、あの刀のこと知ってる？」

「カタナ？　あの赤い剣のことか？」

「うん。なんだかすごそうな武器みたいだけど……」

「あの剣は知らんが、カイエンという名の鬼人族のことなら知っておるぞ。羅刹王と呼ばれる武人だ」

「羅刹王？」

確かそんなことを名乗っていたっけ。

シロン曰く、鬼人族の武人カイエンは多くの人間やモンスターを屠《ほふ》ってきた伝説の剣豪だという。

数十年前に起きた人間との戦いで、ひとりで数百人の人間を倒したとか。

子供であろうと立ちふさがった敵は容赦なく斬る。

そんな無慈悲な羅刹の如き立ち振舞いから、いつしか「羅刹王」と呼ばれるようになったらしい。

こわ。

強そうだなぁとは思ってたけど、そんなすごい剣士の方だったんですね。

これ、本当に勝てるのかな？

シロンの【効果持続】のおかげで【安眠】効果はまだ続いてるけど、そろそろ切れてもおかしくない。

できるだけ早く終わらせないと。

「行くぞ、人間」

「……っ⁉」

カイエンさんが刀を構える。

瞬間、彼の体が大きくなったかと錯覚するほど、刹那に間合いを詰められた。

予備動作がない動き……と言えばいいのだろうか。

剣道でいう「摺《す》り足」みたいな動き方だけど、速さが尋常じゃない。

咄嗟に剣を地面と水平にして防御行動を取る。

振り下ろされる刀の斬撃を受け止めようと考えたんだけれど、カイエンさんの斬撃は僕の剣をすり抜けるように放たれ、僕の首元を斬りつける。

「……くっ⁉」

首元に衝撃が走る。

一瞬焦ったけど、軽い切り傷ができて血が滲んでいる程度だ。

名前：ウスイ・ヒビキ
レベル：46
HP：1850／2350
MP：120／120
攻撃力：61

防御力：53
所持重量：170
熟練度：片手剣／45　鍬／20　炎属性／10
スキル：【安眠】【翻訳】【スラッシュブレイド】【ポイズンゲイル】【アイアンスキン】【疾風鍬】【石砕き】
魔術：【ファイアボール】【アクアボール】【サンダーボルト】
称号：【女神アルテナの化身】
状態：【打撃耐性（無効）】【斬撃耐性（半減）】【落下耐性（半減）】【水属性耐性（無効）】【火属性耐性（無効）】【風属性耐性（半減）】【土属性耐性（半減）】【浄化（大）】【毒耐性（無効）】【麻痺耐性（無効）】【疲労耐性（無効）】【取得経験値増加（大）】【ＨＰ自動回復（小）】【ＭＰ自動回復（中）】【水中呼吸（中）】

【斬撃耐性】のおかげで助かったみたいだ。

さらに、こうしている間にも【ＨＰ自動回復（小）】のおかげでＨＰが少しずつ回復している。

でも……もしこの効果が出てなかったらと思うと、ぞっとしちゃうな。

「ほう、耐えたか」

カイエンさんが驚いたように目を瞬《またた》かせる。

「えへへ。こう見えて、頑丈なんです」

「そのようだな。しかし、我が剣の深さはこの程度ではないぞ」

「……っ⁉」

再び凄まじい速さでカイエンさんが肉薄してくる。

剣で防ぎきれないと考えた僕は、フットワークを使ってカイエンさんの攻撃を必死に躱《かわ》す。

だけど、的確に放たれた斬撃は、確実に僕のＨＰを削っていく。

【斬撃耐性】と【ＨＰ自動回復】でなんとか耐えられているけれど、このままじゃあすぐにＨＰが尽きてしまう。

あの高速の足さばきをどうにかしないと、反撃どころの話じゃない。

「……くっ！　【アクアボール】ッ！」

苦し紛れに魔術を放つ。

だが、カイエンさんは刀をくるりと回転させ、水球を弾き飛ばした。

す、すごい。

魔術がかき消されてしまった。

あれもカイエンさんのスキルなんだろうか。

冒険者たちを弾き飛ばしたスキルといい、一体いくつスキルを持ってるんだ。

「やるな、童」

カイエンさんが片頬を吊り上げる。

「我が火鴉丸の斬撃をこれほど耐えた者は初めてだ。名前を聞いておこうか」

「……ヒ、ヒビキです」

「ヒビキか。その若さでこれほどの武を持っておるとはな。ここで殺すのは惜しいが、致し方あるまい」

再び、カイエンさんが構える。

またあの俊足スキルがくる。

名前：ウスイ・ヒビキ
ＨＰ：５５０／２３５０

まずい。【ＨＰ自動回復】の回復速度が間に合っていない。

このままだと、次の攻撃を耐えられない。

どうにかしてあの猛攻を止める方法はないか？

接近戦で対抗するのは無理。

だけど、魔術を使っても意味はなかった。

くそっ。一瞬でもひるませれば、こっちのターンになるはずなんだけど――。

「……そうだ」

ふと、いいアイデアが浮かんだ。

これだったらカイエンさんの足を止めることができるかもしれない。

いや、絶対いける！

いけてください、お願いします！

神様仏様……駄女神さまっ！

「ゆくぞヒビキ！　我が奥義で仕留めてやろう！」

カイエンさんが刀をゆっくりと鞘の中にしまう。

そして居合の構えを取ると、凄まじい速さで間合いを詰めてきた。

すごい速さだけど、直線的な動き。

今がチャンス。

そう判断した僕は――自分の足元に【ファイアボール】を放った。

「……っ⁉」

僕の足元で火の玉が大きく爆《は》ぜ、爆炎とともに火の粉が舞い散る。

「うぐっ⁉」

不意に至近距離で【ファイアボール】の爆発を受けたカイエンさんが、大きく体勢を崩した。

一方の僕はノーダメージ。【安眠】スキル効果の【火属性耐性（無効）】のおかげだ。

よし。思惑通り。

刀で魔術を弾き飛ばしていたから、こういう方法ならイケると思ったんだよね。少し強引だったけど、攻守が入れ替わったぞ。

「今度はこっちの番です！」

「……っ⁉」

体勢が崩れたカイエンさんに剣を振り下ろす。

ただし、大ぶりにならないように最小限の動きで。

そこからまたカイエンさんのターンになったら終わってしまう。

ステータス値や武器の熟練度はかなり上がっているし、素早い牽制の攻撃でも痛いダメージを与えられるはず。

「うっ……くっ」

絶え間ない僕の攻撃で、カイエンさんがジリジリと後退していく。

「このっ……調子に乗るなっ！」

僕の攻撃に苛立ちが募ったのだろう。

カイエンさんがダメージを覚悟で、刀を大きく振り上げた。

大きな隙。

――今だ。

「はあっ！　【スラッシュブレイド】ッ！」

「……っ⁉」

僕が放った斬撃が火鴉丸の刀身に直撃する。

金属がかち合った音が、広場に響く。

カイエンさんの手から弾き飛ばされた火鴉丸が、くるくると空中を舞い、地面に突き刺さる。

「お、おおおおっ⁉」

見守っていた村の人たちから歓声があがった。

「ヒ、ヒ、ヒビキ様の勝ちだ！」

「なんということだ……あの羅刹王に勝利したぞ！」

「す、すごい……！　すごいぞヒビキ……ッ！」

ラティナさんもだいぶ興奮している様子だ。

火鴉丸が刺さっているのはカイエンさんの遥か後方。

僕の攻撃よりも早く抜き取るのは不可能。

これはさすがに勝負あり……でしょ？

「僕の勝ちみたいですね、カイエンさん」

「………………」

カイエンさんは背後に落ちた火鴉丸をじっと見た後、その場にドカッとあぐらをかいた。

「見事だ。まさか某が負けるとは……実に１０００試合ぶりの敗北だ」

「……うぇ？」

せ、１０００試合？

うそでしょ？　そんなに連勝街道まっしぐらだったの？

「これ以上の抵抗はすまい。某の首、其処許《そこもと》の好きにするがいい。だが、願わくばユーユと一族の者たちだけは助けてくれないだろうか？」

「ちょ、ちょっと待ってください。ユーユさんは元より、あなたに危害を加えるつもりはこれっぽっちもありませんから」

「……なんだと？」

カイエンさんは不思議そうに首を捻る。

「某の首を取るつもりはない？　其処許らは我らカブラギ一族を根絶やしにするためにユーユを誘拐したのではないのか？」

「ち、違いますよ。ご説明した通り、ユーユさんは村の温泉施設で倒れていたところを保護したんです。彼女の体調が回復してから、あなたを探そうと考えていました」

「まさか」

カイエンさんがぎょっと目を見開く。

ふと顔をあげると、ユーユさんがこちらに近づいて来ているのが見えた。

お父さんの無事を確認しに来たんだろう。

「ユーユ。ヒビキに命を救われたという話は本当なのか？」

「え？　あ、う、うん。ヒビキはあたしの命の恩人だよ。倒れてたあたしを助けてくれただけじゃなく、瘴気も治してくれたんだ」

「……っ!?　それは真《まこと》の話なのか!?」

カイエンさんはユーユさんと僕の顔を交互に見て、信じられないと言いたげな顔をする。

「し、しかし、あり得ぬ。人間が鬼人族を助けるなど……さらに不治の病といわれる瘴気を治すとは……」

「ヒビキは普通の人間じゃないんだよ。強さも普通じゃなかったでしょ？」

「……確かにヒビキの剣は、普通ではなかった」

ふうむ、とカイエンさんが唸《うな》る。

それを見て、ほっと一安心。

ようやく聞く耳を持ってくれたみたいだ。

鬼人族は力によって優劣が決まると言っていたけど、本当だったんだな。

「ヒビキ殿」

カイエンさんは瞼を閉じてしばし黙考し、やがて額を地面につける。

「某は大きな間違いを犯していたようだ。ここまでの無礼、この通り許してほしい。そして、娘を助けてくれたことに感謝する」

「ちょ……頭を上げてください」

いきなり土下座とかやめてくださいよ。

というか、日本人っぽいのは身なりだけじゃないんだな。

いきなり切腹とかしないでくださいよ？

「だけど、勘違いしないでね、ヒビキ？」

そう切り出してきたのはユーユさん。

「お父様は体調が万全じゃなかったんだ。本来なら、ヒビキでも苦戦するくらい強いんだから」

「やめろユーユ。その言葉はヒビキ殿に失礼だ」

ピシャリとカイエンさんが叱る。

負けた言い訳はしない、ということなのだろう。

さすがは羅刹王と呼ばれる武人だ。

「もしかして、カイエンさんも瘴気に？」

「ああ。ひと月ほど前に集落に発生した瘴気にやられてな。負けた言い訳というわけではないが、長い間、満足に眠れておらぬ」

確かによく見ると目の下に隈ができてるな。

やつれている雰囲気もあるし、食事も取れていないのかもしれないな。

ううむ、どうしようか。

お父さんが来たのならユーユさんを引き渡して終わりにするべきだと思うけど、このままだとカイエンさんが瘴気で命を落としちゃう可能性もある。

「あの、カイエンさん？　良ければしばらく村に滞在しませんか？　もしかすると、あなたたちのお力になれるかもしれません」

「……え？」

そう伝えると、カイエンさんはぽかんとした顔をした。

＊＊＊

カイエンさんが族長を務める鬼人族のカブラギ一族は、島の北東部に位置する小さな里に住んでいたという。

羅刹王として人間に恐れられたカイエンさんだったが、争いが終結してからは生き残った一族のために生きることを誓い、争いを避け、かつては怨敵《おんてき》だった人間とも交流を持つようになった。

そんなカイエンさんの尽力もあって、当初は10名程度だったカブラギ一族も十数年の年月を経て１００名程度まで復興したという。

だけどそんな中、突如として里の内に高濃度の瘴気が発生した。

一瞬にして作物は腐り果て、数多くのカブラギ一族が命を落としたらしい。

なんとか瘴気から逃れた者たちも、瘴気の影響で重度の睡眠障害を起こし、一睡もできないまま衰弱死していったという。

「――故に某は生き残った10名の一族とともに里を離れ、安息の地を求めて放浪することになったのだ」

僕とララティナさんが住む屋敷の一室。

ユーユさんが使っている部屋に、カイエンさんとユーユさん、そして僕と僕の膝の上で呑気に寝ているシロンがいた。

本当ならラティナさんも同席してほしかったんだけど、村の人たち……特に、彼女の親族たちに事情を説明するために奔走してもらっている。

彼女自身、鬼人族にはいい印象を持っていないみたいだけど、僕のために個人的な感情は抑えてくれているっぽい。

本当にラティナさんには頭が下がる。

嫌な役割を任せちゃってごめんね、ラティナさん。

「……それで、カブラギ一族の里の現状は？」

「わからん。ふた月ほど前に離れてから一度も戻っていない」

「そうなんですね。それは辛いですね……」

「ああ。正に忸怩《じくじ》たる思いだった。これほど己の無力さを痛感したことはない」

ある意味、瘴気は天災。

力やお金では解決できない問題ってやつだ。

伝説の剣豪と呼ばれたカイエンさんだからこそ、無力感は相当だったはず。

「食料を探していたときにユーユとはぐれてしまったのだが、付近を捜索していたところ、この村を発見したというわけなのだ」

「なるほど……それで人間に捕らわれてしまったと考えたわけですね」

「その通りだ。娘は生き残ったカブラギ一族の最後の女……故に、命を賭しても助け出す必要があった」

カイエンさんがひとりでやって来たのは、同行者がいると足手まといになると考えたからだろうか。

それとも、カイエンさんと一緒に行ける力が残った者がいなかったのか。

「あの、生き残った他の一族の方たちは？」

「近くの沢で某の帰りを待っておる。満足に動けぬ者もいるのでな」

「そ、それは大変だ！　その場所を教えてください！　すぐに救出に向かいます！」

「……待て」

慌てて立ち上がった僕を、カイエンさんが止める。

「なぜ、そこまでして助けようとする？　某らは鬼人族だぞ？」

「なぜって、死にかけている人を助けるのに理由が必要ですか？　瘴気の毒で衰弱しているのなら、すぐにでも助けないと命に関わります」

「………………」

カイエンさんはしばし何かを考え、小さく頭を垂れた。

「ありがとうヒビキ殿。やはり其処許《そこもと》は某が知る人間とは大きく違うようだ」

しかし――とつけ加え、カイエンさんは続ける。

「ヒビキ殿はここで待っていてほしい。一族を助けるのは某の仕事。ヒビキ殿の手を借りるわけにはいきませぬ」

「……わ、わかりました。それでは受け入れの準備をしておきます」

「かたじけない」

宿場に頼んで部屋を借りる必要があるかなと思ったけど、10名だったら、なんとかこの屋敷でこと足りるかな？

寝具は用意する必要はあるけど。

あとは……お酒と料理あたりかな。

「しかし、ヒビキ殿はどうやって瘴気の毒を？　一族に伝わる秘薬を用いても解毒することは叶わなかったのだが」

「ユーユさんにやったことと同じ方法で浄化します」

「ユーユと同じ？」

カイエンさんが不思議そうにユーユさんを見る。

僕の口から説明するより、本人に話してもらったほうがいいだろう。

「ええっと、落ち着いて聞いてね、お父様？　あたし……保護された夜にヒビキと一緒に寝たんだ」

「…………」

沈黙。

窓の外から村の人たちの笑い声が流れてくる。

僕の膝の上で寝ていたシロンが大きくあくびをした。

「……なっ、なな、なんだとっ⁉」

カイエンさんの素っ頓狂な声が響く。

あの、ユーユさん？

それじゃあ全く違う意味で受け取られちゃいませんかね？

あ、ほら、案の定、カイエンさんが鬼の形相になってるじゃないですか。

鬼人族なだけに。

結局、カイエンさんの誤解を解くために一から説明する羽目になり、カイエンさんが他の鬼人族の方々を迎えに出発したのは日が傾きかけてからだった。

＊＊＊

ラティナさんの説得のおかげで、無事に鬼人族たちを受け入れることになり、カブラギ一族は屋敷で保護することになった。

カイエンさんと一緒に村に帰ってきた一族の方々は、全員が瘴気の毒に侵されているようだった。

かなり衰弱していて、満足に歩けない人もいる。

これは早く瘴気を浄化しないと危険だ。

そう考えた僕は早めに就寝することにした。

もちろん、快眠度を上げるために黄金トマトの料理を食べ、特製お香を焚くのを忘れずに。

睡眠時間も快眠度に影響するだろうから、じっくり8時間休む。

カイエンさんとの戦いもあったせいか、すぐにぐっすり寝ることができた。

そして、翌朝。

《今回の快眠度は「５００」です》

アナウンスで目を覚ました僕は、すぐにステータスを開く。

名前：ウスイ・ヒビキ
レベル：48
ＨＰ：２７５０／２７５０
ＭＰ：１３０／１３０
攻撃力：68
防御力：75
所持重量：１７０
熟練度：片手剣／48　鍬／20　炎属性／15
スキル：【安眠】【翻訳】【スラッシュブレイド】【ポイズンゲイル】【アイアンスキン】【疾風鍬】【石砕き】
魔術：【ファイアボール】【アクアボール】【サンダーボルト】
称号：【女神アルテナの化身】
状態：【打撃耐性（無効）】【斬撃耐性（半減）】【落下耐性（半減）】【水属性耐性（無効）】【火属

性耐性（無効）】【風属性耐性（半減）】【土属性耐性（半減）】【浄化（大）】【毒耐性（無効）】【麻痺耐性（無効）】【疲労耐性（無効）】【取得経験値増加（大）】【HP自動回復（小）】【MP自動回復（中）】【水中呼吸（中）】

よしよし。【浄化（大）】の効果が出てる。

これで隣の部屋で休んでいるカイエンさんやカブラギ一族の人たちの体から瘴気が消えているはず。

長旅で疲れが溜まってるだろうし、ララティナさんの美味しい料理を食べてから、ゆっくり温泉に入ってもらえば、きっと万全の体調になって——。

「ヒ、ヒビキ！」

なんてのんびり考えていたら、部屋にララティナさんがやって来た。

「おはよう、ララティナさん。というか、どうしたの？　そんな血相を変えて？」

「に、庭で妙なことが起きているのだ！　あれもヒビキの【安眠】スキルのせいなのか⁉」

「え？　庭？」

って何のことだろう？

ララティナさんに引っ張られ、庭に行ってみる。

いつもララティナさんが弓の訓練に使っている庭には、カブラギ一族の方たちと思《おぼ》しき人影がいくつかあった。

思しきという表現にしたのは、カブラギ一族という確証がなかったから。

いや、和服っぽい服を着てるから間違いなく昨日保護したカブラギ一族の方たちなんだけど……

何て言うんだろう。

見た目が昨日とはガラッと変わっていたんだよね。

体がふた回りくらい大きくなっていて、腕や足は大木のように太い。

それに、彼らのトレードマークともいえる額の角が禍々《まがまが》しく赤く輝いている。

これじゃあ、まるで本物の鬼みたいだ。

「ど、どういうこと？　何で彼らはあんな姿に？」

「むぅ、ヒビキでもわからなかったか……」

ララティナさんが首を捻りながら続ける。

「実は今朝、彼らに『庭で体を動かしたい』と頼まれたので自由に使って構わないと伝えたのだが、しばらくして庭を見に来たらこの有様でな」

「……な、なるほど」

全然わからん。

「あっ、ヒビキ！　ララティナ！」

鬼みたいな姿になっているカブラギ一族の人たちと一緒にいたユーユさんがこちらに駆け寄ってきた。

額に大粒の汗をかいているし、一緒にトレーニングしてたのかな？

だけどユーユさんはいつも通り、小さくて可愛い姿のままだ。

変化があるとすれば……角につけているピンクのリボンくらい。

すごく似合ってて可愛い。

「あの、これってどういうことなんですかね？」

「えっ？　ああ、【鬼神化】してるみんなのこと？」

「鬼神化？」

「そ。あたしたち鬼人族って、レベルが上がると【鬼神化】ってスキルを使えるようになって、爆発的に身体能力を向上させることができるんだ。まぁ、あたしはまだそこまでレベルが上がってないから使えないけどね」

ユーユさんが彼らに声をかけると、スキルを解除して普通の姿に戻ってくれた。

ああ、なるほど。

簡単に言えば、変身能力ってわけか。

「でも、【鬼神化】はお父様クラスの鬼人族じゃないと使えないスキルなんだけど、何で急に習得できたんだろ？」

「吾輩の【広域化】と、ヒビキの【安眠】スキルのおかげだろうな」

そう答えたのは、頭の上のシロン。

「【取得経験値増加（大）】の効果が発動して、トレーニングで相当な経験値が得られたのだろう」

「……あ、そういうことか」

【浄化】が発動したなら【取得経験値増加（大）】も発動してるはず。

なるほど、それで爆発的にレベルが上がって【鬼神化】のスキルを習得しちゃったってわけか。

というか――。

「シロンってのんびりした顔してるのに、いつも鋭い考察を出すよね」

「聖獣バロンを捕まえてのんびりした顔とはなんだ。吾輩よりも精悍《せいかん》な面構えをした動物など他に――うむ？」

にゅっと伸びてきたユーユの手がシロンの頭をナデナデする。

「えへへ、シロンちゃん、今日もモフモフですねぇ」

「やめろ鬼人族の娘。吾輩は女神アルテナの眷属、聖獣バロンぞ。そのように気安くナデナデして良い存在ではない」

と言いつつ、嬉しそうに尻尾をフリフリするシロン。

気持ち良かったのか、最後には地面に降りてお腹を見せてしまう始末。

あらら、だらしない顔しちゃってまぁ。

どこが精悍な面構えなんだか。

すぐに「辛坊たまらん！」とラティナさんが参加し、シロンのナデナデタイムが始まる。

「おお、ヒビキ殿！」

背後から声がした。

カイエンさんだ。

他の一族の方たちも一緒だ。

「おはようございます、カイエンさん。体調はどうです？」

「ご覧の通り、すっかり瘴気の毒素が消えましたよ。おかげで久しぶりに熟睡することができました。ヒビキ殿には何とお礼を言えば良いか……」

「おお、それは良かった」

「本当にありがとうございます。一族を代表してヒビキ殿にお礼を」

深々と頭を下げるカイエンさんの顔色も随分と良くなっている。

他の一族の方たちは言わずもがな。

これで瘴気の睡眠障害に悩むこともなくなるだろう。

「それで、今回のお礼……というわけではないのですが、ヒビキ殿にお伝えしたいことがありまして」

「え？　僕に？」

な、何だろう。

妙に神妙な面持ちなのがちょっと怖いけど。

まさかここにきて「再戦を申し込む」なんて言い出しはしないと思うけど。

「実は先程、一族会合を開いて今後のことについて話し合ったのですが、満場一致でとある結論が出たのです。故に、そのことをヒビキ殿にお伝えしたく」

ないよね。
いなくなっちゃうのは少しだけ寂しいけど、彼らが決めたことなら部外者の僕が口を挟む道理は
今後のことって言ってるし、村を出て別の場所に行くってことなんだろうか。
「一族会合、ですか」

「それで結論というのは？」

「我らカブラギ一族、ヒビキ殿に生涯忠誠を誓います」

「ああ、なるほど。そういうことで……はい？」

今、忠誠を誓うって言いました？

え？　何で？

「ヒビキ殿がいなければ我らカブラギ一族は間違いなく滅んでいたでしょう。故にこの命、ヒビキ殿に捧げたく」

そうしてカイエンさんは、ザザッと膝をつく。

「我らカブラギ一族、ヒビキ殿の刃となり、命を賭して貴方様とこのフラン村をお守りいたします。故にどうか、ここに置いてはいただけないでしょうか？」

「お願い致します、ヒビキ様！」

カイエンさんに続き、カブラギ一族の方々が膝をついて頭を下げる。

それを唖然とした顔で見つめる僕。

……う～ん。これは斜め上すぎる展開になってきたなぁ。

＊＊＊

「ヒビキ様～！　お父様が戻りましたよ～！」

お昼ごはんを作っていると、玄関のほうからユーユさんの声がした。

タイミングはバッチリだ。

カイエンさんたちが村を出たのが6日前だから、そろそろ戻ってくる頃だと思って料理を準備していたんだよね。

「あっ、いい匂い！　トマト煮込みハンバーグだ！」

「こら、ユーユ。手を洗ってきなさい」

ニコニコ顔でキッチンにやって来たユーユさんだが、ララティナさんにピシャリと叱られる。

「……っ⁉　わ、わかってるから！　子供扱いしないでよね！」

ベーッと舌を出すユーユさんだったが、再びニコニコ顔で出ていく。

カブラギ一族がフラン村の一員になってひと月が経ったけれど、ずっとユーユさんは上機嫌なんだよね。

敬称もいつのまにか呼び捨てから「様」になってるし。

カイエンさんとの一件の後「忠誠の印に、ユーユをヒビキ様の奥方に」みたいな申し出を受けたけど、謹んで辞退させてもらった。

だってほら、ララティナさんが絶対許さないでしょ？

いや、別にララティナさんと結婚してるわけじゃないけどさ。

婚姻は断ったけど、ユーユさんはこの屋敷に住み込みで掃除洗濯など、ララティナさんの仕事を手伝ってくれている。

カイエンさんにそっと「外堀から埋めていくから安心して？」みたいなことを耳打ちしてたのが気になったけど。

「ユーユさん、今日も上機嫌ですね」

「そうだな。鬼人族のくせに人間の村に住むのが嬉しいなんて、変なヤツだ」

と言いつつも、笑顔を覗かせるララティナさん。

彼女とユーユさんは未だに犬猿の仲だけど、村の仲間が増えたのは素直に嬉しいみたい。鬼人族の言葉を覚え始めたのがその証拠だろう。

カブラギ一族からフラン村の一員になりたいと申し出があってから、すぐにララティナさんや彼女の親族たちを呼んで会合を開いた。

僕としては全然ウェルカムなんだけど、僕の一存で決めるわけにはいかないからね。

鬼人族に少なからず遺恨を抱えている人も多かったから会合は紛糾すると思ったんだけど、意外にもあっさり満場一致で移住を許可することになった。

その一番の理由は、鬼人族たちが僕に忠誠を示してくれていること。

そして、彼らが圧倒的な武力を持っていたことだ。

ここ最近の問題として、フラン村にやって来る商人の護衛問題があった。

質が上がってきているとはいえ、まだまだ冒険者に商隊の護衛を任せられないという実情があったけれど、カブラギ一族がそれを解決してくれたのだ。

【鬼神化】スキルを開眼した鬼人族はＡ級の冒険者並みの力を持っている。

大陸へ向かう商隊にひとり帯同させておけば、モンスターであろうと賊であろうと瞬く間に撃退してくれるってわけだ。

僕自身、こんな形で問題が解決するとは思ってもみなかったけど、収まるべき形で収まったって感じだよね。

「ヒビキ様。ラララティィナ様。ただいま護衛任務より戻りました」

リビングで作ったトマト煮込みハンバーグを盛り付けていると、カイエンさんがやって来た。

今回の護衛はアルスラン商会のロンドベルさんの商隊だった。

黄金トマト最後の出荷で、護衛にも気合を入れたかったのでカイエンさんにお願いしたんだよね。

同行するのが鬼人族、それも伝説の剣豪「羅刹王カイエン」ともあって、ロンドベルさんも最初は危惧していたけれど、すぐに打ち解けてくれたみたい。

カイエンさんって強いだけじゃなくて礼儀作法もしっかりしてるし、味方になったらこれほど心強い存在はないと思う。

「お疲れ様ですカイエンさん。首尾はどうでしたか？」

「滞りなく。某の覇気を感じてか、賊も魔物も近づいてはきませんでした」

「おお、それは良かった」

やっぱりカイエンさんにお願いして良かったな。

そういえば最近、村周辺のモンスターも大人しくなっているけれど、カイエンさんの存在を敏感に察知したんだろうか。

さすがは数多くのモンスターを屠ってきた伝説の剣豪だ。

「とりあえず、ご飯を食べましょう。今日くらいにカイエンさんが戻ってくると思って、腕によりをかけて作ったんです」

「本当ですか？　ヒビキ様の手料理とは、恐悦至極《きょうえつしごく》に存じます」

「や、そこまでかしこまらなくても……」

正真正銘、素人料理ですよ？

味に自信はありますけども。

というわけで、早速みんなでテーブルを囲む。

僕が作った黄金トマトの煮込みハンバーグは大好評だった。

好評すぎて、ユーユさんとラティナさんが取り合いしてたけど。

次から倍くらいの量を作ったほうが良さそうだな。

「――ときにヒビキ様。今回の護衛中に、ロンドベル殿からとある噂を耳にしまして」

カイエンさんがそう切り出したのは、食事が終わってからだった。

「噂、ですか？」

「はい。ゾアガルデに広がる瘴気の噂です」

瘴気という言葉に、場の空気が硬くなる。

「ロンドベル殿が言うには、ここ数週間の間でゾアガルデにある５つの町や村が瘴気に沈んだと」

「……っ⁉　い、５つも⁉」

そう声をあげたのはラティナさんだ。

確かに多すぎる。

僕も商人さんを通じて村の外の情報は得ていたけれど、これまでそんな被害が出ることはなかった。

「里が瘴気に呑まれる以前から、ゾアガルデに広がる瘴気には憂いておりました。どうにかして、瘴気による『不眠の呪い』を断ち切れないかと……その願いは数十年に渡り、叶いませんでしたが」

カイエンさんが僕の顔を見る。

「しかし、ヒビキ様なら可能だと、某の直感が囁《ささや》いております」

「……えっ？」

「ヒビキ様、どうかゾアガルデに蔓延《まんえん》する瘴気の撲滅に協力いただけませんでしょうか？」

「ぼ、僕がですか⁉」

「はい。フラン村……いや、ゾアガルデに住む人々のために。どうか」

そう言って、頭を下げるカイエンさん。

う～む。突然そんなことを言われてもなぁ。

面倒事……なんて言ったら失礼だけど、そういうことに首を突っ込むのはできれば避けたいところ。

だけど、瘴気に関してはそうも言ってられないよね。

ゾアガルデに瘴気が蔓延してしまったら、フラン村を訪れる旅人や商人がいなくなる。

そうなったら、フラン村は以前の寂《さび》れた村に戻ってしまうだろう。

フラン村のため、ひいては僕自身や駄女神様の安眠のために、瘴気の根本を断つ必要があるのかもしれない。

「……わかりました」

熟考した僕は、深々と首肯した。

「カイエンさんの想い、確かに受け取りました。どれくらいお力になれるかわかりませんが、一緒に瘴気に打ち勝ちましょう」

「……おお、本当ですか!?　ありがとうございます！」

ガシッと僕の手を掴んでくるカイエンさん。

でも、打ち勝ちましょうと言ったものの、一体どうやって瘴気の根本を断つんだろう？

というか、瘴気の原因って――何？

第4章　安眠生活はままならない

鬼人族の力というのは改めてすごいと思った。

筋力に瞬発力。そういった身体能力もすごかったけど、特にすごかったのは無尽蔵と思っちゃうほどに多いスタミナと、瞬く間に傷を癒やす治癒能力だ。

多分、僕が【安眠】スキルで得ている【疲労耐性】と【HP自動回復】を最初から持っているんじゃないかな？

そう思ってユーユさんに尋ねたところ【疲労軽減】と【自然治癒】というスキルを持っているらしい。

名前は違うけど、やっぱり【安眠】スキルの効果と似たものみたい。

「さて、そろそろやろっか」

ゆっくりと木製の模擬剣を構える。

村に新しく建てた鍛錬所——。

板張りの剣道場みたいな雰囲気のそこに、僕とユーユさんの姿があった。

「……よし！　いくよ、ヒビキ様！」

ユーユさんがギュッと足を踏みしめた瞬間、凄まじいスピードで接近してくる。いきなりのトップスピード。

カイエンさんも使っていた【俊足】スキルだ。

「たあっ！」

ユーユさんは手にしていた彼女の体ほどの大槌を軽々と抱え上げると、僕めがけて振り下ろしてきた。

すごいスピードとパワー。

さすがは鬼人族。

だけど――。

「そこだっ！　【スラッシュブレイド】！」

「……うわっ⁉」

僕の模擬剣がユーユさんの大鎚を弾き飛ばした。

ユーユさんの手を離れた大槌が、彼女の背後にドスンと落ちる。

鬼人族の身体能力は規格外。

だけど、僕だってそこらへんの冒険者よりも強いからね。

カブラギ一族が村に来てから鍛錬に協力してもらっているおかげで、レベルだけじゃなく片手剣の熟練度も相当上がってる。

その証拠に、最近冒険者ランクも「B」まで上がっちゃったし。

まぁ、別に上げるつもりはなかったんだけど。

「やるね、ヒビキ様！」

「ふふ、勝負ありかな？」

「まさか」

そう言ってユーユさんが手のひらを掲げる。すると、空中から黒い霧のようなものが集まり、ひとふりの剣を形作った。

彼女のスキル【物質召喚】だ。

身体能力だけでも桁違いに強いのに、こんなスキルまで持っているなんて本当にユーユさんはすごい。

「だけど……まだやるつもりなら、こっちも本気を出すからねっ！」

「……っ⁉」

怪我はさせないけれど、スキルと魔術の出し惜しみはなしだ。

まずは手始めに【アクアボール】。

僕の手のひらから放たれた水球弾がユーユさんの足元に着弾。大きな水しぶきを上げ、こちらに来ようとしていた彼女の足を止める。

「ちょ、冷た……っ」

怯んだユーユさんの足元めがけて数発【アクアボール】を連発する。

「あ、ちょ……ま、待ってヒビキ様！」

「勝負に待ったはないから！」

今度はこっちから攻める番だ。

ユーユさんとの間合いを詰め、スキル発動。

【スラッシュブレイド】で、再び彼女の剣を吹き飛ばす。

ユーユさんはすかさず次の武器を呼び出そうとしたけれど、わずかに早く模擬剣を彼女の首元に突きつけた。

――静寂。僕たちふたりの動きが完全に止まる。

これはさすがに勝負ありだ。

「……ま、参った！　参りました！」

ユーユさんの敗北宣言と同時に、周囲から拍手が起こった。

僕とユーユさんの立ち会いを観戦していたカブラギ一族の方々だ。

彼らにまざってラティナさんやシロンの姿もある。

シロンに限ってはつまらなさそうに大あくびをしてるけど、ラティナさんは大喜びだ。

「す、すごい！　またしても鬼人族から一本取るとは……さすがだヒビキ！」

「ど、どうも……」

ただの模擬戦なのに、そこまで褒められるとちょっと恥ずかしい。

ユーユさんにはこんなふうに勝てるんだけど、【鬼神化】を習得したカブラギ一族の人たちとの勝率は五分五分ってところだ。

鬼神化を使われると一気に形勢が逆転しちゃうんだよね。

ユーユさんのレベルも相当上がってるみたいだし、【鬼神化】を覚えちゃったら全く勝てなくなっちゃうかも。
僕も頑張らないと。
《レベルアップしました》
なんて考えていると、早速レベルアップしたみたい。

名前：ウスイ・ヒビキ
レベル：49
HP：2680／2680
MP：170／170
攻撃力：75
防御力：88
所持重量：170
熟練度：片手剣／49　鍬／20　水属性／14　炎属性／15　雷属性／11
スキル：【安眠】【翻訳】【スラッシュブレイド】【ポイズンゲイル】【アイアンスキン】【疾風鍬】【石砕き】
魔術：【ファイアボール】【アクアボール】【サンダーボルト】
称号：【女神アルテナの化身】

状態：【打撃耐性（無効）】【斬撃耐性（半減）】【落下耐性（半減）】【水属性耐性（無効）】【火属性耐性（無効）】【風属性耐性（半減）】【土属性耐性（半減）】【浄化（大）】【毒耐性（無効）】【麻痺耐性（無効）】【疲労耐性（無効）】【取得経験値増加（大）】【HP自動回復（小）】【MP自動回復（中）】【水中呼吸（中）】

片手剣の熟練度も相当高いし、魔術は熟練度を考えるとそろそろ新しい魔術を覚えてくれそう。ちょっと楽しみだ。

ちなみに、こうして鍛錬所でトレーニングをしているのは、村の周辺にモンスターがいなくなっちゃったからなんだよね。

カイエンさんの覇気のおかげなんだけど、村を訪れる商人や、温泉目当ての旅人さんたちがモンスター被害を受けることがなくなったので大助かりだ。

「よし、今日の訓練はこれくらいにして、温泉で汗を流そっか？」

「やった！」

ユーユさんが嬉しそうに飛び跳ねる。

剣の訓練をした後、みんなで温泉に入りに行くのもいつものお決まり。

ひと月ほど前に温泉宿を開いたんだけど、評判は上々だ。

作物が育たない冬になって村の収入が大幅に減ってしまうことを懸念していたんだけど、旅行客のおかげでむしろ秋よりプラスになっているんだよね。

今日も村には結構な数の湯治客が来てるし。

聞いたところによると、フラン村の温泉の噂はアルスラン商会のロンドベルさんを通じて広がっているらしい。

この前はゼゼナン王国にある教会の教区長さんがはるばるやって来たし、王国の貴族や商会の支配人など、立場のある人間がお忍びで湯治に訪れている。

立場のある人たちがやって来るとそれなりの歓迎が必要だけど、その分お金を落としてくれるし、本当にありがたい。

「ヒビキ様」

「あ、カイエンさん。お疲れさまです」

鍛錬所を出て温泉に向かっていると、屋敷のほうからカイエンさんが歩いてきた。彼には冒険者ギルドの仕事や、村の見回りなどをお願いしている。

今からその仕事に行くところなのかもしれない。

「鍛錬が終わったところですかな？」

「はい。これからみんなで温泉に行って汗を流そうかと」

「左様ですか。でしたらユーユに背中を流させましょう」

「うえっ⁉」

変な声が出てしまった。

「だ、大丈夫ですよ！　だってほら、湯は男湯と女湯に分かれていますし」

「他人の目が気になるのでしたら、一族の者は時間をおいて入らせることにしますよ」

「あ、いや、そ、そういう問題じゃないですから！」

ほら見てください。

ユーユさんも顔を真っ赤にしてるじゃないですか。

「ヒ、ヒビキ様と一緒に温泉に入るとか、絶対だめだよお父様！　エッ、エッ、エッチなのは禁止だから！」

「待てユーユ。そういう既成事実を作ることがヒビキ様の正妻になるために必要なことなのだぞ？外堀から埋めていけば、ヒビキ様もじきに折れる」

「……あっ、そうか！」

「そうかじゃない」

というか、本人の前で話しちゃだめでしょ。

それにララティナさんとも一緒なんだし。

これはまたララティナさんと一悶着あるかな——と戦々恐々していたけれど、僕の隣で余裕の表情をしていた。

あれ？　おかしいな？

いつもなら「私が許さん」とか「ヒビキの背中を流すのは私の役目だ」とか対抗心をメラメラ燃やすんだけど。

「ふふふ……」

　ララティナさんが、不敵に笑う。

「ど、どうしたの？」

「これが本妻の余裕というやつだ」

「本妻」

「ああ。ヒビキの正式な妻は私だけだろう？　だから、こういう問題はドンと構えて余裕を見せておけば良いと最近気づいたのだ」

「ごめん。悪いけど、ララティナさんとも結婚した覚えはないんだ」

「ふふ、そう恥ずかしがるな」

　ララティナさんがスッと腕を絡めてくる。

「……あっ！　ちょっと待って!?」

　それを目ざとく見つけたユーユさんが声をあげ、逆の腕にしがみついてくる。

「何でララティナがヒビキ様と仲睦まじく腕を組んでるわけ!?　ヒビキ様はユーユのものなんだから！」

「ユーユのもの？　はっ、バカなことを言うな。私のほうがヒビキとより長い時間を過ごしているのだ。故にヒビキは私のものなのだっ！」

　シャーッと威嚇するララティナさん。

　本妻の余裕とやらが一瞬で消えちゃいましたけど、大丈夫ですかかね？

カイエンさんから少々呆れ顔で「ごゆっくり」と見送られ、両脇をふたりの女子にガッチリキープされながら温泉へと向かう。

結局、ユーユさんたちに背中を流してもらうことはなく、シロンと一緒にのんびり湯につかって疲れを取ることになった。

やっぱり温泉はゆっくり入るに限るよね。

温泉を出た後は、村の牧場で取れたばかりのミルクをグイッと煽《あお》る。

うん、これこそ温泉の醍醐味！

僕より少し遅れて温泉から出てきたラティナさんはなぜか上機嫌だった。

理由を尋ねたところ、ユーユさんと「胸の大きさ勝負」をして、ダブルスコアで勝ったんだとか。

バストサイズでダブルスコアってのはよくわからないけど。

落ち込んでたユーユさんに「小さいほうが好きな人もいるから大丈夫だよ」と声をかけたら怒られてしまった。

う〜ん、フォローしたつもりだったんだけど、何で怒られたんだろ？

＊＊＊

「ヒビキちゃん、おいっす〜」

「…………」

その夜。いつものようにシロンと一緒にベッドに潜り込んだとき、天井に魔法陣が輝き、きらびやかなドレスを着た女性が現れた。

最近、全然姿を見せてなかった駄女神ことアルテナ様だ。

しかし、これはなんと言えばいいんだろう？

何かいいことがあったのか、見た者のＭＰを奪いそうな奇妙なダンスを踊っているし、星の形をしたグラサンまでつけている。

駄女神様、ついにパリピになっちゃったよ。

「てか、そんなゴミを見るような目でどしたん？　人生、楽しんでるぅ？」

「や、登場するたびに女神としての威厳を失ってるなぁと」

「いえ～い☆」

ウザい。決め顔でダブルピースすな。

だけど、前に見たときよりも随分とスッキリした顔をしているな。

目の下の隈はほとんどないし、ピンクの髪のツヤも比べ物にならないほどだ。

フラン村にやって来て安定して高い安眠度を出しているし、その効果が出ているんだろうな。

ちょっと効果が出すぎちゃってる感もあるけど。

「それで、今日はどんなご用件で？」

「いや、特に用事があるわけじゃないけど、最近順調みたいだからさ？　あたしのありがたい姿を拝ませてやろうかなって」

「そうですか。ありがとうございます。おやすみなさい」

「美の女神を放置して惰眠を貪ろうとすな」

無理やり起こされてしまった。

ああもう、本当に何なんだこの人は。

体調が良くなったからって、ウザ絡みしてこないでほしい。

友達いないでしょ。絶対。

「でも、黄金トマトを復活させただけじゃなくて、あの鬼人族まで味方につけるなんて、すごいじゃないヒビキちゃん」

「あれはまぁ、運が良かったっていうか。でも、おかげで村の統治も順調ですよ」

「うんうん。良きかな良きかな。その調子で頑張ってね。てか、相変わらず可愛いわね、シロンちゃん」

ベッドで丸まってるシロンをモフモフし始める駄女神様。

シロンも反応するのが面倒だったのか、尻尾だけで返事をする。

眷属からも邪険にされて、ちょっと可哀想になった。

そんな駄女神様を見て、ふと前から気になっていたことを思い出す。

「あ、そうだ。ちょっと気になる話を聞いたんですけど」

「ん？　気になる話？」

「はい。最近、ゾアガルデで急激に被害が広がっている瘴気のことです」

「……うっ！」

駄女神様がシロンの背中に頭突きした。

さすがに痛かったのか、シロンの悲鳴があがる。

「め、女神様？」

「え？　あ、あ～……うん、あたしも聞いたけど、結構広がってるみたいだね。だけど、瘴気の原因ってあたしにもわからないからなぁ。うんうん」

「………」

突然、挙動不審になったぞ？

もしかして、何か知ってる？

「女神様、僕がこの世界に来て何かやりました？」

「なな、何かって、何？」

「例えば、世界に広がりつつある瘴気を浄化するために、僕以外の誰かに協力を要請したとか」

「んあ～、いいところ突いてくるねぇヒビキちゃん。特筆して何かやったってわけじゃないけど、やったかと問われれば、やったと答えるしかないわね」

なんだその曖昧な回答。

「何をしたんです？」

「ええっと……」

「洗いざらい吐いてください」

「そ、そんな怖い顔で詰め寄ってこないでよ！　わかった！　全部話すから！」

駄女神様はパリピグラサンを外し、神妙な顔で続ける。

「ヒビキちゃん、『聖樹』って知ってる？」

「知ってますよ。ゾアガルデの守り神って言われているんですよね。シロンに教えてもらいました」

確か駄女神様の手によって生み出されたんだったっけ。

その聖樹のおかげで、ゾアガルデは長きに渡って平和の時代が続いたとかなんとか。

「そうそう。その聖樹ちゃんと最近疎遠になっててさ。久しぶりに連絡してみたんだけど、半グレになっちゃったみたいでさ……全く聞く耳を持ってくれなかったんだよね」

「は、半グレ⁉」

冗談でしょ。

守り神が半グレって。

「な、何で聖樹が半グレに？」

「え？　あ〜、ええっと、その……就労環境のせいで？」

「就労環境」

急に生々しい話になったな。

嫌な予感がする。

「ほら、あたしって仕事が超山積みじゃない？　だから、やりがい搾取して不眠不休で１０００年近く働かせちゃってたみたいな。アハハ」

「ブラック企業か」

笑い事じゃないでしょ。

1000年も不眠不休で働かせたって、とんでもない人だな。

てか、雇用主が「やりがい搾取」なんて口にしたら終わりでしょうに。

雇用関係にあるかどうかは知らないけど。

「それでね、聖樹ちゃんが半グレになった時期と、ゾアガルデに瘴気が爆発的に広がり始めた時期が重なっててさ。もしかすると、聖樹ちゃんが関係してるのかなって」

「……そういうことでしたか」

状況が少しわかってきたぞ。

仕事が忙しくてケアすることもできなかった駄女神様のせいで、世界の守り神たる聖樹がグレてしまった。

そして、同時期にゾアガルデで瘴気被害が爆発的に増えている。

十中八九、その半グレ聖樹さんが原因じゃないスか。

というか――何してくれちゃってるんですか駄女神様!?

完全にマッチポンプじゃないですか！

＊＊＊

「……え？　聖樹伝説？」

「はい。何かご存知じゃないですかね？」

翌朝、冒険者ギルド。

朝一番に足を運んだ僕は、受付のサティアさんに尋ねてみた。

瘴気の原因になっている可能性が高い聖樹を半グレから更生させることができれば、瘴気問題が解決するかもしれない。

そう睨んだ僕は、聖樹のありかを調べてみたんだけど、全く情報がなかった。

そこで、村一番の情報通のサティアさんなら、何か知ってるかもしれないと踏んだのだ。

ちなみに、モフモフ博士こと物知りシロンに聖樹の場所を聞いてみたけれど「知らぬ」と素っ気なく返されてしまった。

駄女神様に安眠を邪魔され、ご機嫌斜めらしい。

今は僕の頭の上でのんびりしてるけど。

「聖樹伝説か」

掲示板に張り出す依頼票をまとめながら、サティアさんが続ける。

「そりゃあ、ゾアガルデに住む人間なら知ってるに決まってるじゃない。子供の頃から聞かされてる童話だからね」

「え？　そんなに有名な話なんですか？」

「もちろん。聖樹ユグドラシルは島々の守り神。精霊王が宿る太古の御神木……子守唄でも使われてるよ」

サティアさんが言うには、若葉から溢れる雫を飲むと寿命が伸びるなんて逸話まであるという。

すごいな。聖樹ユグドラシル。

半グレになったなんて話を聞いたら、サティアさん卒倒しそうだ。

「その聖樹ユグドラシルって、どこにあるんですか？」

「え？　場所？　知らないよそんなの」

小さく肩をすくめられてしまった。

「だって聖樹ユグドラシルが出てくるのって、ずっと昔に作られた童話だよ？　物語に出てくる御神木のありかなんて誰も知らないよ」

「童話のモデルになった場所でもいいんですけど」

「ん～……ごめん、わからないなぁ」

申し訳なさそうに眉根を寄せるサティアさん。

う～む、サティアさんでもわからないか。

日本にある昔話って大抵モデルになった場所とか人物がいるから、聖樹ユグドラシルもそういう言い伝えが残っているかもって思ったんだけどな。

「だけど、ゾアガルデの守り神なんですから、ゾアガルデの島のどこかにはあるんですよね？」

「どうだろう？　そうとも限らないんじゃない？　だってほら、ゾアガルデって元々は大きな大陸だったわけでしょ？」

「……あ」

そういえばそんなことをシロンが言ってたっけ。

鬼人族と人間の争いを鎮めたって逸話はあるけれど、当の御神木は深い海の底でしたなんて可能性もある。

困ったな。【安眠】スキルで【水中呼吸】の効果は出るけど、さすがに深海に潜るとかは無理だよね。

「でも、どうしたのさヒビキ様？　急に聖樹に興味を持っちゃって」

「実は最近頻発している瘴気問題にその聖樹ユグドラシルが関わってる可能性があるみたいなんです」

「……え？　マジで？」

目をパチクリさせるサティアさん。

いやまぁ、そりゃあ驚くよね。

「なので、フラン村を守るためにも瘴気を元から断ったほうがいいかなと」

「なるほど。それで聖樹の居場所を探してるってわけか」

サティアさんが「う～ん」と首をかしげる。

「あたしはわからないけど、村の年配の方に聞いてみたらどうかな？　他の島から来てる人もいるし、あたしより聖樹伝説に詳しいかもしれないよ」

フラン村の住民の中には、島の外からやって来た人もいる。

運が良ければ「住んでいた島で、モデルになった大樹を見たことがある」なんて人もいるかもしれないな。

「……そうですね。ちょっと聞いて回ってみます」

「何か手伝えることがあったらいつでも来てね」

「はい、ありがとうございます」

サティアさんに頭の上のシロンをナデナデさせてから、ギルドを後にする。

結局ここでわかったのは、聖樹の名前くらいか。

しかし、聖樹ユグドラシルかぁ。

駄女神様は１０００年働かせていたからグレたって言ってたけど、一体どんな姿になってるんだろう。

責任感が強い人間ほど、道を外すととんでもないことをしでかしちゃうというのが世の常だ。

聖樹がそんなふうになってなきゃいいけど。

それから宿屋や酒場、雑貨屋や鍛冶屋を回って聖樹ユグドラシルのことを聞いてみた。

だけど、ほとんどが同じ回答だった。

――聖樹ユグドラシルは厄災から人々を守る、島の守り神。

――だけどどこにあるかは、誰もわからない。

村の最年長のおじいさんにも聞いてみたけれど、結果は同じ。

モデルになった大樹を見たなんて人はひとりもいなかった。

う〜む。これ以上は、フラン村で新たな情報は得られそうにないな。

ここからは村の外に出て、足を使って調べて回るか？

でも、聖樹のありかを探すなんて、干し草の中から針を探すようなものだしなぁ。何か少しでも手がかりになるようなものがあればいいんだけど。

「ヒビキ様」

屋敷に戻ってきた僕を出迎えてくれたのはカイエンさんだった。

その隣にはユーユさんの姿もある。

外行きの格好をしているし、今戻ってきたところなのかな？

「本日の見回り任務、完了いたしました。フラン村周辺数キロ圏内にモンスターの気配はありませんでした」

「そうでしたか。ご苦労様です」

「ヒビキ様、ユーユにご苦労様の褒美を頂戴？」

「え？　ほ、褒美？」

いきなり何⁉

今までそんなおねだりしてきたことなかったよね⁉

「ほ、褒美って？」

「えへへ、何でもいいよ」

ニコニコ顔のユーユさん。

何でもいいって、そんなことを言われても困るよ。

金銭を望んでるってわけじゃなさそうだし。

ひと通り悩んで、とりあえずユーユさんの頭をナデナデしてあげた。

「え、えっと、よく頑張りました」

「えっへへぇ……」

にんまりとユーユさんが笑う。

これが求めてたものかはわからなかったけど、表情を見る限り正解だったみたいだ。ああ、良かった。

「あ、そうだ。ちょっとお伺いしたいことがあるんですけど、カイエンさんって聖樹伝説について何かご存知じゃありませんか？」

「聖樹伝説？」

「はい。ゾアガルデの守り神と言われている聖樹ユグドラシルのことです」

リビングへと向かいながら、さらっと状況を説明することにした。

カイエンさんにお願いされて瘴気問題を調べていたこと。

そして、女神アルテナ様から、聖樹ユグドラシルが瘴気発生に関与している可能性があるという話を聞いたこと。

僕が女神アルテナの化身だということを聞いて、目が飛び出ちゃうんじゃないかと心配になるくらい驚いてたけど、「人間離れした強さの理由がわかりました」と納得していた。

「ふむ……そういうことですか」

椅子に腰掛けながらカイエンさんが唸るように言う。

「まさか神話が出てくるとは思いませんでしたが、女神アルテナ様の神託《しんたく》を受けたというのなら可能性はありそうですな。ですが――」

カイエンさんは渋い表情で続ける。

「残念ながら某も聖樹の場所までは」

「そうでしたか……」

「しかし、聖樹のありかを特定する手がかりがある場所なら知っております」

「……え？　手がかり？」

「はい。滅んだカブラギ一族の里です」

意外な言葉に、ハッと息を呑んでしまった。

カイエンさんが長を務めていたカブラギ一族の里。

突如発生した瘴気によって、一夜にして滅んでしまった場所だ。

「里を襲った瘴気はこれまで某が聞き及んでいたものとは似ても似つかぬものでした。一瞬で全ての作物を腐らせ、重度の睡眠障害を引き起こすなど聞いたこともありませぬ」

確かに僕が知る瘴気とも違うな。

フラン村もそうだったけど、瘴気はじわじわと体を蝕んでくるものだし、そもそも一瞬にして作物が枯れるなんてことはなかった。

大地に蓄積された毒素のせいで作物が育たなくなり、それを吸引した者はじわじわと病に侵されていくというのが通例。

そのせいで、ラティナさんのお父さんは命を落とし、黄金トマトが滅びかけちゃったわけだし。

「某が推測するに、あれは特殊な事例だった」

「……なるほど。カブラギ一族の里にイレギュラーなことを起こさせた『何か』が残ってる可能性があるということですね」

「その通りです」

カイエンさんがこくりと頷く。

超高濃度の瘴気を発生させた何かが里にある。

先日のスライムじゃないだろうけど、もしかすると聖樹ユグドラシルにつながる何かがあるかもしれない。足を運んでみる価値はありそうだ。

「ヒビキ様。もし、里に行かれるのであれば某に同行させてください」

「おお、本当ですか？　それは助かります」

カイエンさんなら里までの道も知っているだろうし、道中も心強い。

「よし。じゃあ、あたしも準備してくるね！」

そう声をあげたのはユーユさん。

「お父様の荷物は部屋にあるやつでいいんだよね？　あたしは――」

「ちょ、ちょっと待って？　何でユーユさんも？」

「え？　ヒビキ様が行くなら、ユーユも行くに決まってるじゃん？」

きょとんとした顔をするユーユさん。

「だってほら、お父様がフラン村に来たとき、ヒビキ様と『どこまでも一緒に行く』って約束したし」

「いや、あれは」

「したよね？」

「しました」

圧力に屈してしまった。

あのときは「カイエンさんを説得しに一緒に行きましょう」って言いたかっただけなんだけどな。

だけどまぁ、ユーユさんも一緒なら、より安心か。

「話は聞いたぞ、ヒビキ」

部屋の扉が勢いよく開け放たれる。

嫌な予感。

入り口に立っていたのは、よそ行きの格好をしているラティナさんだ。

「表に馬を2頭準備した。ユーユはカイエンと、私はヒビキと乗ろう」

「………………」

この人はいきなり登場して何を言ってるんだろう。

いろいろとすり合わせるべき内容をすっ飛ばしてない？

「ん？　どうした？　手際が良すぎて声も出ないか？　ふふふ」

「や、そういうことじゃなくて……ええっと、ラティナさんも行くの？」

「……？　当然だろう？　私はヒビキの『正妻』だぞ？　死なばもろともだ」

そんな「正妻」の部分を誇張して言わないでくださいよ。

ほら見て。ユーユさんのこめかみに青筋が出ちゃってる。

「まぁ、いいではないかヒビキ。頭数が多いほど危険は少なくなる」

頭の上で、大あくびをするシロン。

「それに、村の守りなら他のカブラギ一族に任せれば良い。カブラギの里の場所はわからんが、不在にするのは長くても数日程度だろうし……な？」

カイエンさんを見て「くうん？」と首を捻るシロン。

「……む？　どうかなされましたかな？　シロン様？」

「カブラギの里はここから数日くらいで行けますよねって聞いてます」

シロンの言葉は僕にしかわからないので、通訳してあげた。

「おお、よくご存知で。その通りです。さすがはアルテナ様の眷属、聖獣バロン様だ」

「……ふふふ、吾輩、すごいであろ？」

褒めるなら撫でよとでも言いたげに頭を差し出すシロン。

カイエンさんにわしゃわしゃと撫でられ、嬉しそうに走り回る。

何だろう、このはしゃぎっぷり。すんごく機嫌がいいように見えるけど。

「どしたのシロン？　いつもより上機嫌じゃない？」

「うむ。遠出となれば大草原を全力で走れるかもしれんからな。吾輩、楽しみ」

「……そりゃ心踊るね」

はぁ、と溜息をひとつ。

ほんとシロンってば聖獣っていうより、ワンちゃんだよなぁ。

というか、ピクニックに行くわけじゃないんだけどな。

カイエンさん以外、同行する動機が不純な気がするけど……まぁ、いいか。

というわけで、村のことはラティナさんの親族の方たちとカブラギ一族の方々にお願いし、旅の準備を整えてから出発することになった。

＊＊＊

フラン村を出発した僕たちは、一路北へと向かった。

フランマ高地からシロンと出会ったフランマ森林に入り、そこを抜けてさらに北上。

険しい山岳地帯に入ったところで日が暮れてきたので、準備してきたテントを張って野宿をすることにした。

カイエンさん曰く、カブラギ一族の里までまだまだ距離があるらしく、疲れを癒やすと同時に【安眠】スキルを発動させておいたほうがいいと考えたからだ。

ここからは僕も初めての場所だし、どんなモンスターが現れるかもわからない。不測の事態に備えて、全員を【安眠】スキルで強化しておいたほうがいいよね。

ラフティナさんに作ってもらった黄金トマトの料理のおかげで、快眠度は「550」と、いい数値を出すことができた。

旅や戦闘に役立つ効果と合わせて、【毒耐性（無効）】も発動していたので、瘴気対策もバッチリ。

シロンをモフって【広域化】も発動したし、全員で瘴気が発生したカブラギの里に入ることができるはずだ。

というわけで、朝早くに野営地を後にして里を目指す。

足場が悪い道は馬を引いて進み、山をひとつ越えた辺りでようやく目的地が見えてきた。

「ヒビキ様。あれがカブラギの里です」

切り立った岩山の谷間に寄り添うように小さな人里が見えた。

さすがは戦闘民族鬼人族の里だ。

外敵から身を守るための天然要塞――とでも言えばいいんだろうか。

周囲から里の内部に入るのはほぼ不可能で、進入路には巨大な丸太を地面に打ち込んだ杭柵と門が並んでいる。

もし戦が起きたとしても、ここを落とすのは相当骨が折れるに違いない。

「……瘴気が滞留しているみたいですね」

里の周囲に赤紫色の霧が立ち込めていた。

あれは間違いなく瘴気だ。

先日、ラティナさんと行った川の上流で遭遇した瘴気溜まりとは比べものにならないほど濃い。

「どうしますかヒビキ様？」

カイエンさんが尋ねてきた。

「ここでしばらく待って、瘴気が晴れるのを待ちますか？」

「いや、行きましょう。僕の【安眠】スキルで【毒耐性（無効）】が発動しているので、問題なく入れるはずです」

丘を降り、慎重に里へと近づいていく。

次第に鼻の奥に突き刺さるような刺激臭が強くなってきた。

だけれど、体に異変はない。

「シロンも平気？」

「うむ。鼻がもげそうになるほど臭いが、問題はない」

他の人たちにも聞いたけど大丈夫みたい。

【毒耐性（無効）】の効果がしっかり出てるみたいだ。

カイエンさんたちが脱出したときのままなのか、里の門は開け放たれたままだった。

恐る恐る門をくぐって中に入る。

荒れ果てた様子はなく、つい先程まで誰かが生活をしていたような雰囲気がある。こういう場所は大抵賊が荒らしに来るんだけれど、瘴気のせいで無事だったのかな。

だけど――。

「…………」

カイエンさんとユーユさんは言葉を失っている様子だった。

瘴気に沈んでしまった里を改めて目の当たりにして、ショックを受けているのかもしれない。

「……ヒビキ様。力尽きてしまった者たちを埋葬してきてもいいでしょうか？」

沈痛の面持ちでカイエンさんがそう尋ねてきた。

「もちろんです。僕もお手伝いしますよ」

「いえ。ヒビキ様は聖樹の手がかりを探してください」

「で、でも……」

「瘴気が里を襲ったとき、彼らを助けることができなかった。故に、せめて某の手で送ってやりたいのです」

長としてのせめてもの手向け。

カイエンさんはそう言いたげだった。

「わかりました。ですが、何かあったらすぐに声をかけてください」

「かたじけない」

カイエンさんは深々と頭を下げると、ユーユさんを連れて家屋の中に入っていく。

そんな彼らを見送って、ララティナさんがそっと口を開く。

「……我々も始めようか、ヒビキ」

「うん。そうだね」

故人を悼《いた》むのはカイエンさんたちに任せて、僕たちはイレギュラーな瘴気を発生させることになった原因を調査しなきゃ。

とはいえ、どこから調べればいいんだろう。

ぱっと見たところ、里の中にこれといって異変はなさそうだ。

ポイズンスライムみたいなモンスターが大量発生している感じもないし、地面に空いた大穴から瘴気が噴き出してるみたいなこともない。

「あそこから見てみたらどうだ？」

そう切り出したのはシロン。

彼が見ていたのは杭柵の近くに建てられた見張り台だ。

確かにあそこから里の中を眺めたら、異変に気づけるかもしれないな。

早速、ラララティナさんと見張り台に登って里の中を注意深く観察する。

幾棟もの家屋が立ち並び、奥には風車小屋もある。

ここは山間で、山谷風が吹くので製粉に使われていたんだろう。

「……ん？」

その風車小屋を見ていたとき、近くに変な物があることに気づいた。

あれは木の根……だろうか？

子供の胴回りくらいありそうな太い木の根が、地表にむき出しになっている。

「妙だな」

ラティィナさんの声。


「里の至る所に木の根が張っている」

どうやらラティィナさんも僕と同じ疑問を持ったみたいだ。

「おかしいよね。里の中なのに、あんなに根が張ってるなんて……」

「ああ。付近には木の一本も生えていない。なのに無数に根が露出しているのは不自然すぎる」

「近くで見てみようか」

見張り台を降りて風車小屋に向かう。

確かこの辺りに大きな根があったんだけど……あった。あれだ。

「うっ……」

根に近づいたとき、強烈な刺激臭が鼻を突いてきた。

「気をつけろヒビキ。その根……強烈な瘴気を放っておる」

頭の上からシロンが警告してきた。

ちょっと鼻声なのは瘴気で鼻がおかしくなっているからだろう。

よくよく見ると、根にびっしりと付いている苔から時折瘴気がスプレーのように噴出している。

カブラギの里を滅ぼした瘴気の原因はこいつか？

里をぐるっと回って、むき出しになっている根を見たけれど、どれもびっしりと苔が生えていて高濃度の瘴気を吐き出していた。

間違いない。こいつがイレギュラーを起こした原因だ。

だけど、この根って一体何なんだ？

「ヒビキ様。お待たせいたしました」

「あ、カイエンさん」

里の人たちの埋葬が終わったのか、カイエンさんとユーユさんが戻ってきた。

「カイエンさん。この根って何かご存知ですか？」

「根？」

「はい。この巨大な木の根です」

「これは……いや、わかりませんな。某らが里にいたときには、このようなものはありませんでしたが」

「すごい匂い。これって瘴気を吐き出してるの？」

ユーユさんが苦しそうに顔をしかめる。

「みたいだね。どうやらこの木の根がイレギュラーを引き起こした原因だと思うけど……」

「ふむ……ちょっと引っ張り出してみましょうか」

そう言って、カイエンさんが【鬼神化】のスキルを発動させた。

みるみるうちに彼の筋肉が肥大化し、鬼のような姿に変貌する。

「……むんっ」

そして、木の根を掴み、引っ張り上げる。

まるで畑からダイコンを抜くように、ズゴゴッと木の根が姿を現した。

続いて近くの木の根も同じ要領で地面から引きずり出す。

そうして、３、４本ほどの根を取り出したんだけど――。

「全部同じ方向から伸びていますね……」

方向的にいえば、里の西側だろうか。

だけど、そっちに木は生えていない。

てことは、かなり遠くから根っこが伸びてきているってことか。

「カイエンさん。ここから西には何があるのですか？」

「西にあるのは『鬼胎樹海』ですな」

「キタイジュカイ？」

「はい。鬼人族でも立ち入ることを躊躇《ちゅうちょ》する危険な森です。数百年前からあると言われております」

「……数百年前」

その言葉に引っかかりを覚えた。

数百年前からあるのなら、神話の中に登場してもおかしくない。

太古からある森、鬼胎樹海。

そこから伸びてきている木の根から高濃度の瘴気が放たれている。

もしかして――その鬼胎樹海に、聖樹ユグドラシルがあるんじゃないか？

＊＊＊

鬼胎樹海が怪しいと踏んだ僕たちはカブラギの里を出て西に向かった。

山道を進んでいると、右手に海が見えてきた。

どうやら島のはじっこまで来ているみたいだな。

付近には人が住んでいる気配もなく、あるのはゴツゴツとした岩ばかり。

カブラギの里を出てしばらく歩いているけど、岩ばかりで木の一本も生えてないし、本当にカイエンさんが言う「鬼胎樹海」ってあるのかな？

「……あ」

不安にかられながら歩くこと20分ほど。

突如としてその森は僕たちの前に現れた。

まるで誰かが定規を使って線を引いたみたいに、森の境目がある。

「これが鬼胎樹海？」

「はい。ここより幽世……つまり、神域です」

カイエンさんが静かに答える。

彼曰く、数十年前からこの「彊界《きょうかい》」と呼ばれている境目があって、鬼胎樹海は狭くなることも広くなることもないのだとか。

なんとも不思議な森だ。

数百年前から存在し続けているって話も納得できる。

もしかすると魔術か何かで状態が維持されているのかもしれないな。

そんな不思議な鬼胎樹海だったけど、中に入ってみると意外と普通だった。

冬なのに青々とした葉がついてるから、針葉樹なのかな？

木の背が高く、針のように尖っているためか隙間から陽の光が差し込んでいて、意外と明るい。

風はひんやりとしているけれど、流れている空気はすごく穏やかだし「鬼人族も立ち入ることを恐れる」なんて雰囲気はどこにもない。

「シロン、周囲にモンスターの匂いはする？」

「……いや、しないな。モンスターどころか、動物の気配すらない」

「え？　動物も？」

そういえばすごく静かだ。

鳥のさえずりもしないし、生き物の気配が全くしない。

静かで落ち着いていると言えば聞こえはいいけれど、生命の息吹を感じない死んだ雰囲気の森って感じがある。

これはちょっと異様だな。

「カイエンさん。鬼胎樹海って昔からこんな雰囲気なんですか？」

「某も立ち入るのは初めてなのですが、『常に死がつきまとう森』と聞かされております」

「なるほど……だから恐れる、つまり『鬼胎』する樹海ってわけですね」

しかし、死がつきまとうって怖いな。

こういう言い伝えが残っている場所って決まって毒ガスなんかが滞留してたりするんだけど、この森にもそういうのがあるかもしれないな。

でも、この森のどこに聖樹があるんだろう。

聖樹は太古の昔からある巨大樹だっていうし、見落とすことはないと思うからここからは足を使って探すしかないか。

「とりあえず、西に向かって進みましょうか」

「うむ。そうしようか」

「オッケー」

ラフティナさんは弓を、ユーユさんは大槌を構えながらそう答える。

シロンはモンスターはいないって言ってたけど、一応警戒はしておく必要があるよね。

僕も剣を抜き、いつでも戦闘ができる体勢で足を進める。

コンパスを片手にしばらく歩いていると、ツンとした匂いが流れてきた。

この匂い……瘴気だ。

さらに森の奥へと進んでいくと、その匂いが次第に強くなり、やがて瘴気が目視できるようになってきた。

この先に何かがある。

そんな予感を覚えた、そのときだ。

「……こ、これは」

目の前に現れた光景に、思わず声が漏れ出してしまった。

まるで森をスプーンですくい取ったかのように開かれた場所に、見たこともないくらいに巨大な老木がそびえ立っていた。

周囲の木々と比べても、ひときわ大きい。

葉の広がり方からして、広葉樹だろうか。

だけど、つい言葉を失ってしまうくらい、見た目が禍々しい。

不気味な赤紫色に染まった葉は空を覆い尽くすほどに広がり、黒色の樹皮に覆われた幹の太さは十数メートルくらいありそうだ。

そして、樹木全体から高濃度の瘴気が放たれている。

もしかしてこれが――。

「聖樹ユグドラシル？」

「……だと思います」

そう応えてくれたのは、カイエンさんだ。

「この大きさと存在感……間違いなく聖樹ユグドラシルだと思います。が、しかし、この有様は……」

カイエンさんも驚いている様子だった。

守り神と呼ばれているはずなのに、神聖な雰囲気はどこにもない。

これじゃあ、聖樹じゃなくて「呪樹」って感じだ。

地面を見ると、カブラギの里で見た苔にまみれた根が地面から顔を覗かせている。

あの木の根は、この大樹のものと考えて間違いない。

「伝説の聖樹がなぜこんな姿になっているのかはわからんが、何にしてもこの大樹が瘴気の根源になっているのは間違いなさそうだな」

ラランティナさんが神妙な面持ちで続ける。

「このままでは、張り巡らされた根から漏れ出す瘴気でゾアガルデ……いや、フレンティアが滅んでしまいかねない。ゾアガルデの守り神たる存在を手に掛けるのは心苦しいが、対処せねばな」

「残念ですが、燃やしてしまいましょう」

カイエンさんが静かに言う。

「このような姿になってしまっては致し方ありますまい。聖樹ユグドラシル自身も、それを望んでいるはずです」

確かにカイエンさんの言う通りかもしれない。

この状況は聖樹ユグドラシルが望んでいるものではないと思う。

なにせ、本来なら聖樹は瘴気からゾアガルデを守るべき存在なのだ。

それなのに、逆に瘴気で滅ぼそうとしている。

どうしてそうなっちゃったかは……まぁ、考えるまでもなく駄女神様が無理難題を押し付けまくったからだと思うけど。

この瘴気を止めてあげるのが、聖樹のためにもいいはずだ。

「では、僕がやります」

「ヒビキ様が？」

「はい。多分、このメンバーの中で炎の魔術を使えるのは僕だけなので」

僕が使えるのは【ファイアボール】の魔術だけだけど、炎属性の熟練度は15まで上げている。この大樹を燃やし切ることはできると思う。

だけど、細心の注意を払って魔術を使わないとな。

他の木に燃え移って森が焦土になりました……じゃ、目も当てられないし。

水属性の【アクアボール】の準備もしておいたほうが良さそうだ。

「……では、いきます」

そうして、手のひらを大樹に向け、【ファイアボール】を放とうとした――そのときだ。

『……人の子よ』

突然、子供のような声が聞こえた。

ハッとしてラティナさんたちのほうを振り向く。

「今、何か言った？」

「……？　いや、何も言ってないが？」

「ユーユも何も言ってないよ」

「某もです。先程から大樹の葉がざわめいておりますが」

カイエンさんが赤紫色に染まった聖樹の葉を見上げる。
風もないのに激しくざわめいているけど、聞こえたのは葉の音じゃなかった。
確かに誰かの声が聞こえた気がするんだけど……。
『ワシの言葉がわかるのか？　人の子よ？』
「……っ⁉」
また声がした。
今度は聞き間違いじゃない。
一体誰の声だろう――と思ったそのときだ。
黒く変色した大樹の幹から、スウッと何かが現れた。
見た目は幼い女の子。
大樹の幹と同じ、黒く長い髪。
その瞳は赤紫色に輝いている。
緑のポンチョのような服を着ていて、なんていうか――すごく可愛い。
この子が僕に語りかけてきたんだろうか？
でも、どうして僕だけ言葉がわかるんだろう。
――あ、そうか。
多分、葉のざわめきが、僕のスキル【翻訳】で言葉に変換されているんだ。
僕だけシロンの言葉がわかるみたいに。

『ふむ……面白い子じゃの』

大樹の中から現れた幼女はふわふわと僕のそばへとやって来る。

どうやら言葉だけじゃなく、彼女の姿も僕だけが見えているみたいだ。

『ワシの姿、見えておるか？』

「は、はい。はっきりと」

『なるほど。聖獣バロンを手懐《てなず》けているところを見る限り、お主はアルテナ様の化身のようじゃの』

ふふん、と幼女が得意げに笑った。

『自己紹介させてもらおう。我が名は精霊王ユグドラシル。女神アルテナ様よりこの世界フレンティアの救済を託された者じゃ』

「精霊王……ユグドラシル……」

『ユグちゃんでよい』

「……ユグちゃん」

精霊王なんていうから恐悚《きょうしょう》してたんだけど、いきなりフランクになったな。

幼い見た目からして「ユグちゃん」って感じだから、別にいいんだけど。

「ええっと、お話は駄女神――じゃなくて、女神アルテナ様より伺っています。だいぶ劣悪な就労環境で働いていらっしゃったとか」

『ああ、その通りじゃ。今日に至るまでの１８５０年と１６５日、ただの1日たりとも休暇を与えられず馬車馬のように働かされてきた。そのストレスのせいで……このザマだ』

ユグちゃん様が後ろの瘴気まみれの巨木を見る。

そうか。この瘴気って、ストレスによるものだったんだ。

精霊王をブラック企業が裸足で逃げちゃうくらいの劣悪な就労環境で働かせ続けた結果、ストレスで心を病んで毒素を吐く「呪樹」になってしまった。

うぅむ。

駄女神様の話でわかっていたことだけど、こうして事実を見せられると呆れちゃうっていうか、ユグちゃん様に同情しちゃうな。

『人の子よ。少しワシの話を聞いてはくれんか？』

「はい。僕でよければ」

『ワシは女神アルテナ様の願いを叶えるべく私情を捨て、プライベートを犠牲にして歯を食いしばって必死に頑張ってきたんじゃ』

ユグちゃん様は恨みつらみを吐き出すように、こんこんと続ける。

『ゾアガルデでは人間と鬼人族の争いを鎮め、ゼゼナンでは人間同士の争いを……イランフィンではハリケーンから亜人たちを救い出した。なのに……なのに、アルテナ様ときたら、ワシに休暇どころかねぎらいの言葉すらかけず「いいね！　やる気があるみたいだから、瘴気問題も片付けちゃってよ！　大丈夫、あたしが一番期待してるユグちゃんならきっとできるから！」などと言ってワシのやる気につけ込み、面倒な仕事ばかりを押し付けてきたのじゃ！』

「……あ～」

駄女神様も自分で言ってたけど、やりがい搾取ってやつですね。

現代日本でもよく耳にします。

『アルテナ様……いや、あのクソ女神の野郎、どんだけワシを酷使すれば気が済むのじゃ⁉ 極めつけには瘴気問題をワシに押し付けて1000年近く放置していたクセに、最近になって「調子どう？ 余裕あるならいろいろと仕事任せたいんだけど？」みたいな連絡をしてきおって！ ああ、クソっ！ 思い出したらイライラしてきたっ！』

ユグちゃん様は次第に語気を強めていく。

『精霊界では優しいユグちゃんで通っておったワシもさすがにブチ切れるわっ！ もう知らんっ！ この世界がどうなろうと、ワシの知ったこっちゃないっ！ いや、むしろ――ワシの休暇のため、こんな世界などギッタギタに滅ぼしてくれるわっ！』

「ええっ⁉ ちょ、ちょちょ、ちょっと待ってください！ 精霊王様⁉」

『ユグちゃんじゃ！』

ぷくーっと頬をふくらませるユグちゃん様。

そんなふくれっ面も可愛いですけど、言ってることは全然可愛くないよ！

「お、お怒りはごもっともですけど、さすがに世界を滅ぼすなんてそんな」

『じゃかあしいわっ！ ワシの邪魔をするつもりなら容赦せぬぞ人の子よ！ ワシは休暇が欲しいんじゃっ！ 邪魔する者は……問答無用で皆殺しじゃあああああああっ！』

ユグちゃん様の叫び声が森の中に響き渡った瞬間、突風が吹き抜ける。

その風が静まると同時に、ユグちゃん様と似た雰囲気の小さな精霊のような者たちが現れた。

その数、ざっと数十匹。

「ド、ドライアド……っ!?」

声をあげたのは、ララティナさん。

「それにドリュアスにフローラも……なぜ突然、モンスターが!?」

え？　モンスター？

これって、森の精霊じゃないの？

「樹木タイプのモンスターだな」

頭の上でシロンが続ける。

「樹木モンスター、トレントの亜種だ。風属性の強力な魔術を使うぞ。気をつけろヒビキ」

「き、気をつけろって言われても……」

こんなウジャウジャ出てきたら、気をつけようがないんじゃない？

「ヒビキ様」

カイエンさんが火鴉丸を片手にそっと尋ねてきた。

「先程、誰かとお話をされていたようですが、何かあったのですか？」

「あ〜……ええっと、実は精霊王ユグドラシル様が僕に話しかけてきたんですけど、どうやらストレスで闇落ちされたみたいで」

「……や、闇落ちですと？」

「ふぁっ⁉　どゆこと⁉」

唖然とするカイエンさんに続いて、素っ頓狂な声をあげるユーユさん。

うん、そういう反応になっちゃうよね。

「よくわからんが、詳しい話は後回しだ！」

ラティナさんが弓を構える。

「モンスターどもをどうにかしないと、聖樹に火を放つことは難しい！　やろう、ヒビキ！」

「……そうだね」

確かにラティナさんの言う通りだ。

ドライアドたちを倒さないと聖樹に近づくこともできない。

ユグちゃん様は何も悪くないし同情してしまうけど、だからといってここでやられるわけにはいかない。

『ワシの休暇……ワシのお休み……』

ユグちゃん様の声。

見上げると、完全に目が据ってしまっているユグちゃん様が浮かんでいた。

『冷えたエールに、肉汁たっぷりの焼肉……ふかふかのベッドに熱々のお風呂……気持ちがいい熟睡……ブツブツ』

念仏のように煩悩にまみれた言葉を繰り返す。

その言葉に呼応するように、地面に魔法陣が現れ——恐ろしい化け物たちが姿を現した。

「ま、また何か出てきたよ⁉」

「ま、まさか……⁉」

「ほほう！　あれはドラゴンだな！」

ユーユさんとララティィナさんに続き、シロンが驚きの声をあげる。

「あっちの岩のようなドラゴンは岩竜アースドラゴン。そっちの白い毛をしたのは氷竜ホワイトドラゴン。ほかにも炎竜ブラストドラゴンに……おお、めったにお目にかかれぬドラゴン種の中でも特に希少な聖竜バハムートまでおるではないか！」

「え？　バハム……何だって？」

「これほどの数のドラゴンは吾輩も初めて見るぞ、ヒビキ！　さすがは女神アルテナ様より世界の救済を託されただけあるな！」

「よくわからないけど、感心してる場合じゃなくない⁉」

僕たちを取り囲むおびただしい数の樹木モンスターに、ドラゴン軍団――。

いくらなんでもちょっとヤバすぎませんかね。

『さぁ、無敵のドラゴンたちよ……ワシの休暇を邪魔する不届き者たちを、ギッタギタのグッチャグチャに滅ぼすのじゃっ！』

「グオオオオオオッ！（オッケー、ユグちゃん！）」

まるで魔王のような恐ろしげな顔のユグちゃん様の言葉に、ドラゴンたちが一斉に雄叫びをあげた。

＊＊＊

最初に襲いかかってきたのは樹木モンスターたちだった。

空中を舞う彼らは、僕らの攻撃が届かない距離から無数に魔術を放ってくる。

槍状の枝を無数に放つ風魔術【ブランチアロー】や、刃のような風で斬りつける【ウインドミル】――。

一発一発はそれほど脅威ではないけれど、無数に放たれると面倒なことこの上ない。

おまけにモンスターたちはこっちの攻撃が届かない高所にいるもんだから、苛立ちばかりが募っていく。

「ちょ、ずるいからっ！　降りてきてよっ！」

大槌をブンブンと振り回すユーユさんも怒り心頭のご様子。

カイエンさんは冷静に立ち回っているけど、彼の刀も空中のモンスターたちには届かない。

「ラティナさん、僕たちでやろう！」

「ああ、わかった！」

要の鬼人族のふたりが戦力にならない以上、ラティナさんの弓と僕の魔術でどうにかして戦うしかない。

「ユーユさん、カイエンさん！　ドライアドたちは僕とラティナさんで対処します！　なので、おふたりはドラゴンを！」

「承知した！」

「了解だよっ！」

カイエンさんとユーユさんが走り出す。

危険なドラゴンの相手を任せるのは気が引けるけど、お願いします！

「いくよ、ララティナさん！」

手始めに、空に向かって【サンダーボルト】を放つ。

この魔術は複数の対象に連鎖的にダメージを与えることができる。

つまり、数が多い相手には相性がいい。

「……ギィッ⁉（うわっ⁉）」

【翻訳】スキルのおかげで、モンスターが狼狽えているのが手に取るようにわかる。

鎖のように連なった雷《かみなり》を食らった数体のモンスターが、黒焦げになって落下してきた。

「やるなヒビキ！　だが、私も後れはとらないぞ！」

ララティナさんが弓に3本の矢をつがえ、放った。

勢いよく放たれた矢は、1本1本が意思を持っているかのように別々の標的を次々と射抜く。

おお、すごい。

これが新しく覚えたっていうスキルか。

ララティナさんには百発百中の【遠射】スキルがあるし、正に鬼に金棒だ。

僕の魔術とララティナさんの矢が次々とモンスターを仕留めていく。

数は多いけど1匹1匹のＨＰはそれほど高くないみたい。

これなら僕たちだけで対処できる。

だけど、問題は――。

「……痛っ！」

ユーユさんの声。

声がしたほうを見ると、巨大な岩に振り下ろしていたユーユさんの大槌が砕けていた。

どうして岩を攻撃しているんだ――と思ったけど、岩じゃなくてドラゴンだった。岩石のような表皮を持つ、岩竜アースドラゴンだ。

「ど、どんだけ硬いのよ、こいつ⁉」

「ユーユ！　避けろ！」

「……っ⁉」

炎竜ブラストドラゴンが巨大な炎を吐く。

間一髪、素早い身のこなしで距離を取るユーユさんだったが、彼女がいた地面は真っ赤な火の海に呑み込まれる。

思わず寒気がしてしまった。

岩のような姿の岩竜アースドラゴンはユーユさんの大槌攻撃も弾き返すし、ブラストドラゴンは相当危険なブレス攻撃をやってくる。

さらに彼らよりも希少だという、聖竜バハムート。

これがドラゴンの強さ——。

聖樹までが遠すぎる。

このままだと、ジリ貧だ。

「……某が切り開く！」

同じ懸念を抱いたのか、カイエンさんが叫んだ。

「ヒビキ様、ララティナ様！　援護を頼みます！」

「わ、わかりました！」

「承知した！」

「……キィッ！（させないっ！）」

走りだしたカイエンさんを見て、ドライアドたちが魔術を放った。

槍状の枝を無数に放つ【ブランチアロー】がカイエンさんに襲いかかる。

「やらせるもんか！　【サンダーボルト】ッ！」

「……【トリプルショット】！」

僕の魔術に続いて、ララティナさんがスキルを放つ。

僕の魔術でモンスターの魔術を相殺させ、ララティナさんの矢がモンスターを射抜く。

「【鬼神化】……そして、奥義【輝殺抜刀《きさいばっとう》】……っ‼」

鬼神化したカイエンさんが火鴉丸の柄に手をあて、力を溜める。

あれは僕との勝負で放とうとした抜刀術だ。

彼が狙っているのは、最後方に控えるドラゴン――。

白銀の鱗を持つ、聖竜バハムート。

ドラゴン軍団の親玉ともいえるバハムートを仕留めれば混乱が生まれると考えたのだろう。

瞬く間にバハムートの目の前まで来たカイエンさんが鯉口を切る。

鬼人化したカイエンさんの凄まじいスピードについていけず、ドラゴンたちは反応できていない。

「我が秘剣……受けてみよっ！」

赤く輝く火鴉丸の刃が、バハムートの表皮を切り裂いた。

――かに思えたのだが。

「ぬうっ⁉」

激しい金属音が響くが、バハムートの鱗には傷ひとつついていなかった。

「……グルル（全然痛くないね）」

バハムートがカイエンさんを睨みつける。

マズい。このままじゃ、カイエンさんがやられてしまう。

「くそっ！　カイエンさんっ！」

考えるよりも先に、僕の足が動いていた。

「ギャオッ！（死ねっ！）」

すぐさま他のドラゴンたちが動いたが、僕の足は止まらない。

ブラストドラゴンの炎攻撃をかいくぐり、アースドラゴンの尻尾攻撃を飛び越え、カイエンさんの元に走る。

バハムートが前足を振り上げるのが見えた。

その足の先には、大人の体ほどある鉤爪《かぎつめ》がついている。

あれを食らったら、鬼神化しているカイエンさんでもひとたまりもないはず。

「ガオオオオッ！（ぶっ飛ばす！）」

「カイエンさんっ！」

「……っ⁉　ヒビキ様⁉」

バハムートの前足と交差するように、カイエンさんの体にタックルした。

カイエンさんと折り重なって地面に倒れ込んだ瞬間、凄まじい衝撃が周囲の空気を震わした。

大地が大きく揺れる。

「……うっ⁉」

天地がひっくり返ったかと思うほどの振動が収まり、顔を上げた僕の目に写ったのは——地面に穿《うが》たれた巨大な爪痕。

ゾッとした。

あのバハムートの攻撃は、ただの物理攻撃じゃなかったみたいだ。

受け止めようか一瞬迷ったけど、回避して正解だった。

「……お、お怪我はありませんか、カイエンさん？」

「か、かたじけない。しかし、ヒビキ様こそご無事で？」

「はい、なんとか……」

立ち上がって次の攻撃に身構える。

だが、バハムートは僕たちに興味を失ったのか、辺りを飛び回っているドライアドたちに猫パンチをしていた。

じ、自由すぎる。

さすがは天敵がいない最強のドラゴンって感じだけど……助かった。

「お、おのれ、ドラゴンめっ！」

「……っ⁉」

慌てて振り向いた僕の目に映ったのは、ドラゴンと対峙しているラティナさんとユーユさんの姿。

ユーユさんの大槌でなんとか攻撃を防いでいるみたいだけど、完全に押されている。

僕の後方には、聖竜バハムート。

前方には岩竜アースドラゴンと炎竜ブラストドラゴン。

さらにドライアドたちも数え切れないほどいる。

この状況――かなりマズい。

「ヒビキ様、このままでは危険です！　一旦、退きましょう！」

「……わかりました！　カイエンさんはユーユさんたちを連れて先に下がってください！」

「さ、先に⁉　ヒビキ様はどうなさるおつもりで⁉」

「僕が殿《しんがり》を務めます！」

聖樹ユグドラシルを探そうと言い出したのは僕。

こうなってしまった責任は全部僕にある。

だから、みんなを無事にここから脱出させるのが僕の役目だ。

「シロンもカイエンさんたちと一緒に行って！」

「断る。吾輩のいるべき場所はヒビキの頭の上だ」

一瞬のためらいもなく、シロンが答えた。

「だ、だけど――」

「早くカイエンを行かせろ。ララティナたちが持たんぞ」

ズズンと大地が揺れる。

岩竜アースドラゴンの尻尾が地面を叩きつけていた。

「くそっ！　早く行ってください！　カイエンさん！」

「……わかりましたっ！　ヒビキ様も逃げ遅れませぬよう！」

「もちろんです！」

カイエンさんがユーユさんたちの元へと走り出す。

よし。あとはみんなが無事にここを離れるまで、モンスターたちの注意をこちらに向けておけば大丈夫。

そう思ってアースドラゴンに魔術を放とうとしたときだ。

「……え？」

僕の前方の地面が、突然スッと暗くなった。

冷たい風がブワリと舞う。

その風にいざなわれるように、巨大なドラゴンが舞い降りてきた。

純白の体毛に包まれた美しい姿――氷竜ホワイトドラゴン。

ああ、くそっ。

そういえば、こいつもいたんだった。

「グルルルゥ……（人間、見つけた……）」

「……っ」

巨大なドラゴンに睨まれ、恐怖で膝が笑い始める。

刹那、ドラゴンがスウッと息を吸った。

ふかふかの気持ち良さそうな毛が逆立っていく。

何か来る――。

「マズいぞヒビキ！　距離を取れ！」

「……え？」

「フロストブレスだ！」

ホワイトドラゴンの口が大きく開かれる。

同時に、キラキラと輝く氷の結晶が猛烈な嵐とともに放たれた。

「くっ⁉」

とっさに地面を蹴って横に逃れた。

わずかな時間をおいて、僕がいた地面が氷漬けになる。

これがホワイトドラゴンのフロストブレスか。

あ、危なかった。

結晶を少し吸い込んじゃったけど、なんとか逃れることが――。

「……あれっ？」

と、自分の体に異変が起きていることに気づく。

体が異様に重い。

四肢の自由が効かなくなった、と言えばいいんだろうか。

もしかして、結晶を吸い込んじゃったから？

体の自由を奪う効果がある？

いや、とすぐに気づく。

これは体が重くなったんじゃなくて――眠気だ。

「……う、くそっ」

鉛のように重くなった足で、ホワイトドラゴンのそばから離れようとしたけれど、自由に動けずにその場に倒れてしまった。

失敗した。

フロストブレスは氷結じゃなくて睡眠攻撃。

少しでも吸い込んでしまったら、強烈な眠気に襲われてしまうってわけか。

まずい。意識が遠のいてきた。

「シロン……キミだけでも……逃げてくれ……」

ぼやけていく意識の中、気力を振り絞る。

目の前にやって来たシロンが「バカなことを言うな」みたいな言葉を口にした気がしたけれど、よくわからなかった。

そして、僕の意識は暗闇の中に消えていった。

＊＊＊

睡眠中の夢は眠りが浅いとはっきりとしているという話を聞いたことがある。
ぐっすり眠っているときほど、夢を見ないんだとか。
僕が夢を見なかったのは、きっと凄まじく深い眠りに落ちていたからだろう。
《今回の快眠度は「１５９００」です》
「……んぇ？」
目を覚ました瞬間、毎度おなじみの快眠度アナウンスが聞こえた。
だけど状況がうまく飲み込めない。

僕って何をしてたんだっけ？

快眠度アナウンスがあったってことは眠ってたってことだけど、ここは森の中だし。

というか、メチャクチャ快眠度出てなかった？

「………………」

ぼんやりと空を見上げる。

鬱蒼《うっそう》とした木々。

ふわふわと浮かんでいるモンスター。

そして、なんだか眠たそうに大あくびをしているホワイトドラゴン。

「え？　ドラゴン？」

次第に記憶がしっかりとしてくる。

そうだ。

瘴気の根源を断とうと思い立って鬼胎樹海に来て、聖樹ユグドラシルを見つけて、精霊王ユグちゃん様に会って、それからドラゴン軍団に襲われて――。

「……あ、あれ!?　まだ生きてる!?」

「おお、ヒビキ。起きたか」

「シ、シロン!?」

頭の上からシロンが降りてきた。

シロンも無事みたいだけど……。

「ど、どういうこと？　何で僕たちホワイトドラゴンに殺されてないの？　シロンが何かしたの？」

「いや、吾輩は何もしていないぞ。ホワイトドラゴンはヒビキが眠ったのを見て興味を失ったようだ」

ど、どういうこと？

バハムートもそうだけど、突然興味を失っちゃうなんて。

「なので【効果持続】を発動させてから、ヒビキを叩き起こしてやった」

「た、叩き起こした？」

「うむ。ヒビキのケツをこう、がぶりとな」

可愛らしくガジッと噛む素振りを見せるシロン。

なるほど。おしりがジンジンしているのは、そういうことなのね。

もう少しスマートなやり方で起こしてほしかったけど、ありがとうシロン。

「ドラゴンにも影響を及ぼす可能性があったので【広域化】は使わなかった」

「ありがとう、ナイス判断だよ」

この状況で【広域化】を使ったら、ドラゴンやドライアドたちにも【安眠】スキルの効果が出ちゃうもんね。

《今回の睡眠で【死亡無効】が発動しました。【斬撃反射】が発動しました。【打撃反射】が発動しました。【MP最大値上昇（極）】が発動しました……》

続けざまに聞こえるアナウンス。

さっき聞こえた恐ろしい快眠度は気のせいじゃなかったみたいだ。
聞いただけでヤバそうな効果ばっかり。

名前：ウスイ・ヒビキ
レベル：54
ＨＰ：３０６８０／３０２６８０
ＭＰ：２２１７０／２２１７０
攻撃力：３０７５
防御力：88
所持重量：１７０
熟練度：片手剣／９９９　鍬／９９９　水属性／９９９　炎属性／９９９　雷属性／９９９　風鍬Ⅲ
スキル：【安眠】【翻訳】【スラッシュブレイドⅢ】【ポイズンゲイルⅢ】【アイアンスキンⅢ】【疾風鍬Ⅲ】【石砕きⅢ】【ソニックブレイドⅢ】【ホーリサークルⅢ】【アポカリプス】【百花繚乱】
魔術：【ファイアボールⅢ】【ファイアアローⅢ】【フレアボムⅢ】【メテオインパクトⅢ】【朧火Ⅲ】【スパークファイアⅢ】【サラマンディルⅢ】【バーニングイリュージョン】【アクアボールⅢ】【アローレインⅢ】【アクアブラストⅢ】【ホーリーレインⅢ】【ウンディルⅢ】【ウォーターバインド】【サンダーボルトⅢ】【サンダーブラストⅢ】【ライトニングスパークⅢ】【サンダーボムⅢ】

【鵺Ⅲ】【ライトニングクラッシュⅢ】【ヴェノム】【時代の終わり】
称号：【女神アルテナの化身】
状態：【打撃耐性（反射）】【斬撃耐性（反射）】【落下耐性（無効）】【水属性耐性（反射）】【火属性耐性（反射）】【風属性耐性（反射）】【土属性耐性（反射）】【浄化（極）】【毒耐性（反射）】【麻痺耐性（反射）】【疲労耐性（無効）】【取得経験値増加（極）】【HP自動回復（極）】【MP自動回復（極）】【水中呼吸（極）】【死亡無効】【HP最大値上昇（極）】【MP最大値上昇（極）】【攻撃力増加（極）】【熟練度強化（極）】【ストレス耐性】

「……」

ええっと、どこから突っ込めばいいんだろ。

状態に【死亡無効】とか【斬撃耐性（反射）】とかあるのはわかってたけど、スキルと魔術はどういうこと？

【ストレス耐性】ってのもめちゃくちゃ久しぶりに見たし。

というか、何でこんなに一気に増えてるわけ？

熟練度もカンストしてるし……あ、【熟練度強化（極）】の効果か。

【熟練度強化（極）】で熟練度が９９９になって、その影響で魔術とかスキルを大量に習得しちゃってるってわけか。

うーん、ちょっとずるすぎやしませんかね？

「くそっ……ドラゴンめっ！」

ララティナさんの声。

顔を上げると、ララティナさんたち３人がドラゴンに囲まれていた。

カイエンさんと離脱したはずなのに、まさか僕を助けるために戻ってきてくれたのか？

「ヒビキを置いて逃げるわけにはいかないっ！」

「あ、あたしだって！　ヒビキ様のためなら！」

「ふ、ふたりとも待てっ！」

カイエンさんの制止を無視して、ララティナさんとユーユさんがこちらに向かってくる。

「グルルゥ……！（逃さない……っ！）」

駆け出したララティナさんたちに向けて、アースドラゴンが巨大な尻尾を振り上げた。

大木の幹ほどある巨大な尻尾。

あれを食らったら、一発であの世行きだろう。

「ガオオオッ！（潰れちゃえ！）」

「させるかっ！」

咄嗟にアースドラゴンの尻尾を掴む。

そして、グイッと引っ張ったんだけど――。

「ンギャヒッ!?（んぎゃっ!?）」

「……え？」

軽く力を入れただけなのに捻《ねじ》り切れてしまった。

というか、アースドラゴンの表皮って、ユーユさんの大槌攻撃を弾き返すくらい頑丈だったはずだよね？

何でこんな簡単に？

「グォガォアアアアアッ⁉（何すんじゃボケっ！）」

ブチ切れたアースドラゴンがこちらを向き、大きく腕を振るった。

表皮から放たれた巨大な岩が、僕めがけて降ってくる。

「う、わっ⁉」

まるで隕石みたいに落ちてくる岩石の雨の中、シロンを抱きかかえて逃げまくったけど、ついに巨大な岩が頭上に落ちてきた。

これは万事休すか。

そう思った瞬間、脳天に岩石が直撃。

だけど、まるで発泡スチロールで作られていたかのように、バカッと割れてしまった。

「…………」

状況がわからず、呆然と立ち尽くす僕。

「……頭は大丈夫か？　ヒビキ？」

「え？　あ、うん」

全然痛くないし。

困惑しながら見上げると、アースドラゴンもぎょっとしているようだった。

……ええっと。

次はこっちから攻めていいよね？

一番強そうなスキル……これにしよう。

「よ、よし……【アポカリプス】！」

僕の剣が青白く輝いたかと思った瞬間、同じ形をした剣の幻影が無数に出現した。

ざっと数えたところ、数十本くらい。

「お、おお」

すごい。

こんなに武器を召喚できるなんて。

……でもこれ、どうすればいいの？

「ええっと、こう、かな？」

とりあえず剣を振ってみた。

剣の幻影たちが、一斉にアースドラゴンに襲いかかる。

「ギャアアアアアアッ⁉（痛ってぇえええええっ⁉）」

おびただしい数の剣の幻影がアースドラゴンの体に次々と突き刺さる。

たまらずに回避行動を取ろうとするが、追いかけていく剣の幻影が的確にドラゴンの体を串刺しにしていく。

これは——ちょっとエグい光景だな。

「……グェ……」

無数の剣が突き刺さり、ヤマアラシみたいな見た目になったアースドラゴンはついに事切れ、ゆっくりとその場に倒れた。

しばしの静寂。

ドラゴンたちがぽかんとこちらを見ている。

「……す、すごい」

「ド、ドド、ドラゴンを一撃で倒しちゃった⁉」

ララティナさんやユーユさんも唖然としている様子。

う、うん。

さすがは快眠度「15900」の能力だな！

これはもう、誰にも負ける気がしない！

この力があればドラゴン軍団も撃退できるんじゃ、と思ったけど——。

『……ショートケーキ……ポテトチップス……』

そうしているうちに、ユグちゃん様がドラゴンを次々と召喚してくる。

う～む。これは1匹や2匹倒したところで全く意味がないな。

【安眠】効果が継続しているかぎり僕は大丈夫だけど、【広域化】を発動していないから他のみんながら危険すぎる。

これは当初の作戦どおり、この場から逃げることだけを考えたほうが良さそうだ。

「カイエンさん！　みんなっ！」

呆然としているカイエンさんたちに声をかける。

「すぐにここから脱出します！　カイエンさん、先頭をお願いします！」

「……承知したっ！」

ハッと我に返ったカイエンさんが呼応する。

そうして僕たちはカイエンさんを先頭に、聖樹が見えなくなるまで森の中をがむしゃらに走った。

＊＊＊

「……どうだ、ヒビキ？」

そばからララティナさんの声がした。

茂みの中から、そっと顔を覗かせる。

遠くにホワイトドラゴンの姿が見えた。

僕らを探しているのか、しばらくフンフンと周囲の匂いを嗅いでいたが、プイッとそっぽを向くと森の中に消えていった。

見渡したところ、周囲にはドライアドたちの姿もない。

「追ってきてはいないみたい……うん、大丈夫そうだ」

ゆっくりと茂みの中から出る。

聖樹からはかなり離れたと思う。

ドラゴン軍団は僕たちを執拗に追いかけてきたんだけれど、途中からいきなり興味を失ったかのように次々とUターンしていった。

最後に残ったのが、さっきのホワイトドラゴンだったってわけだ。

ユグちゃん様が召喚したモンスターだし、聖樹の近くから離れられないみたいな縛りがあるのかな？

「聖樹は敵愾心《てきがい》に反応する、という話を聞いたことがあります」

カイエンさんがそっと口を開く。

敵愾心……つまり、敵対しようとする意思みたいなものか。

「つまり、聖樹は悪意に対して反撃はするけど、自ら進んで攻撃はしないってことですか？」

「おそらく。故にドラゴンも某らを執拗に追いかけてはこなかったのでしょう」

そういえばドラゴンたちと戦っている最中も、そんな素振りがあったっけ。

バハムートは完全に興味を失ってたし、ホワイトドラゴンも眠っている僕を襲おうとはしなかった。

ユグちゃん様が僕たちを襲ってきたのは、聖樹を燃やそうとしていたから？

なるほど。そう考えると全部説明はつくな。

「聖樹を焼こうとしなければドラゴンたちも襲ってはこないでしょう。今のうちにどうやって聖樹の瘴気を止めるかを考えて――うっ」

「カイエンさん⁉」

「お父様⁉」

ガクッと片膝をつくカイエンさん。

慌てて抱きかかえると、彼の脇腹が赤く染まっていた。

「だ、大丈夫ですか？　もしかしてお怪我を？」

「すみません……逃げる際にドラゴンにやられてしまったようです。それほど深くはないですが、しばらく戦闘は難しいかもしれませぬ」

カイエンさんの額には大粒の汗が滲んでいる。

深くはないと言っているけれど、明らかに辛そうだ。

僕たちに心配をかけまいと虚勢を張っているのだろう。

「とりあえず手当てをしましょう。そこの切り株に座ってください」

「かたじけない。ユーユ、肩を貸してくれ」

「う、うん」

ユーユさんに支えられ、切り株の上に腰を下ろす。

ポーションを使おうと思って腰のポーチを開けてみたが、小瓶がふたつほど割れてしまっていた。

くそ。さっきの戦闘で割れちゃったのか。

残っているのはひとつだけだ。

だけど、僕たちが乗ってきた馬に予備があったはず。

「ごめん、ララティナさんは馬を探してくれるかな？　アイテムのほとんどを馬に乗せたままだから」

「ああ、わかった」

「ドラゴンはもういないと思うけど気をつけてね」

他にモンスターがうろついているかもしれないからね。

カイエンさんに上着を脱いでもらい、最後のポーションを患部に振りかける。

しばし待っていると、少しずつ傷が癒えてきた。

だけど傷の治りが遅い。

鬼人族の人たちは【自然治癒】のスキルを持っているはずだけど、ドラゴンの攻撃で何かしらの状態異常を受けたんだろうか。

「……ひとまず応急処置は終わりました。とりあえずは大丈夫なはずです」

「かたじけない」

「ありがとう、ヒビキ様」

そう続けたのは、ユーユさんだ。

「あたしだけじゃなくて、お父様も救ってくれて……」

「大げさだよ。ポーションを使っただけだし」

「ち、違うから。あたしが言ったのは、ドラゴンに殺されそうになってたお父様を助けてくれたことだよ」

「……ああ、あれか」

そういえば、バハムートに襲われそうになってたところを助けたっけ。

危うくふたりとも帰らぬ人になりそうだったけど。

「ドラゴンも一発で倒してたし、ヒビキ様は本当にすごいよ」

「そ、そんなことはないよ。だって、そのドラゴンにやられそうになって逃げてきたんだから」

それにドラゴンを倒せたとしても、問題の根本は解決しない。

どうにかして、世界を滅ぼそうとしてるユグちゃん様を止めなきゃ。

――でも、どうやって？

「ヒビキ」

と、ララティナさんの声。

「おかえり。どうだった？」

「すまない、周囲を探してみたが馬は見つからなかった。もしかすると、ドラゴンとの戦闘で遠くに逃げてしまったかもしれない」

「……そっか」

いつの間にかいなくなっていたし、ユグちゃん様が呼び出したモンスターに驚いて逃げちゃったのかもしれないな。

敵愾心を向けなければ襲われることはないだろうし、ドラゴンに食べられちゃうことはないと思うけど。

落ち着いたら、僕らの匂いを頼りに戻ってくるかもしれないな。

「ただ、落ちていた食料を少し見つけることができた」

ラティナさんが小さな麻袋をくれた。

麻袋の中に入っていたのは、僅《わず》かな量の干し肉。

そして、黄金トマトがひとつ。

ふ〜む。残ったのはこれだけか。

どうせならポーション類があればありがたかったんだけど、贅沢は言えないか。

「どうするヒビキ？　一旦フラン村に帰るか？」

「そうだね……」

カイエンさんは大怪我をしているし、残された物資も少ない。

このままだと、空腹でドラゴンと戦う体力すらなくなってしまう。

とはいえ、だ。

このまま村に帰っても問題は残されたまま。

ユグちゃん様は恨みつらみと一緒に瘴気を吐き続け、１８００年ぶりの休暇を取るために世界を滅ぼそうとするだろう。

どうにかしてユグちゃん様を止める方法はないだろうか？

一番手っ取り早いのは「聖樹を燃やす」方法だけど、簡単にはいかない。

ドライアドたちやドラゴンを倒せたとしても、ユグちゃん様を無力化しないといけないからだ。

今の僕ならドラゴンは倒せるだろう。

だけど、ユグちゃん様は無尽蔵にモンスターやドラゴンを召喚してくるし、対処している間に【安眠】の効果が切れてしまう。

そうなったら――一巻の終わりだ。

「女神アルテナ様に聞いてみたらどうだ？」

そう提言してくれたのは、頭の上のシロン。

「精霊王ユグドラシルはアルテナ様から力を得ている。アルテナ様なら何かしら弱点を知っているかもしれん」

「……駄女神様か」

あまり期待はできなさそうだけど、ひとりで考えるよりマシか。

ラティナさんにカイエンさんたちのことを任せて、木陰へと向かった。

そして天に向かって駄女神様の名前を呼ぶ。

「――わたくしの名を呼びましたか、愛しき人の子よ」

空中にブウンと魔法陣が現れ、駄女神様が登場した。

「その願い、この美の女神アルテナが叶えて――って、ヒビキちゃんじゃん」

慈しみに溢れた微笑みを携えていた駄女神様だったが、僕を見た瞬間、いつもの気の抜けた顔になる。

「どしたの？　こんな森の中であたしを呼びつけたりして」

「こんにちは駄女神様。ちょっと緊急でお伺いしたいことがありまして」

「面と向かって堂々とあたしのこと駄女神ってディスるようになったのは気に食わないけど、聞いたげる」

笑ってないタイプの笑顔を見せる駄女神様。

ちょっと怖いけど、話を進めることにした。

「実はさきほどユグちゃん様に会いまして」

「ユグちゃん様？　ああ、ユグドラシルのこと？」

「はい。世界中で問題になっている瘴気の原因はやはりユグちゃん様でした。溜まりに溜まったストレスのせいで、世界中に張り巡らされた聖樹の根から瘴気が出ちゃってるみたいです。１８００年ぶりの休暇を取るために、世界を滅ぼすとも言ってました」

「……え？　それホンマに？」

「はい、ホンマです」

駄女神様の顔がサッと青くなる。

エセ関西弁が出てくるくらい焦ってるのかもしれない。

全部駄女神様が無理難題を押し付けてたせいだからなぁ。

後で上司にしぼられるのかも。

「そ、それで？　あたしに聞きたいことって？」

「ユグちゃん様は駄女神様に力を貰ったとシロンから聞きました。彼女に力を与えた駄女神様なら、倒す方法を知っているんじゃないかと思いまして」

「倒す」

「はい。世界から瘴気をなくすには聖樹を燃やすしかないと考えているんです」

「あ〜、なるほど……だからユグドラシルを倒す必要があるってわけね」

「その通りです」

「多分、倒すのは無理かな」

「……え？」

さらっと返されてしまい、唖然としてしまった。

「た、倒せないって、どういうことです？」

「実はユグドラシルにはこの世界のトラブルを解決するために、あたしと同等の管理者権限《アドミニストレーター》を与えちゃってるんだよね」

「……アド、ミ？」

「簡潔に言えば『世界を創るための力』って感じかな？　生命創造、物質生成……その他、仕事の障害になる敵対勢力を排除するための、もろもろのチート能力とかさ」

「ファッ!?　な、なんてものを与えてるんですかあなたは!?」

「ご、ごめ〜ん」

それっていわば神様に等しい力ってことじゃないですか。

そりゃあ、ポンポンとドラゴンを召喚できるわけだ。

しかし、これは困ったな。

ユグちゃん様が神に等しい力を持っているのなら、今、僕に発動している無敵に近い【安眠】スキルの効果をもってしても倒すことは不可能ってことになる。

つまりこれって……八方塞がりってやつでは？

「あ、そうだ」

いいことを思いついたと言いたげに、駄女神さまがポンと手を叩いた。

「瘴気の原因がストレスなら、ユグドラシルにシロンちゃんをモフらせてあげたらいいんじゃない？　ほら、ストレス発散できそうだし」

「む？　吾輩を？　まぁ、見知らぬ者に触らせるのは癪《しゃく》だが、世界平和のためならしかたあるまい……」

などと言いながらも、嬉しそうに尻尾を振っちゃってるシロンさん。

シロンってば、撫でてくれるなら誰でもウェルカムな感じだしな。

だけど、ストレス発散かぁ。

確かにシロンをモフったら多少のストレス発散にはなるだろうけど、1週間仕事を頑張った週末のサラリーマンってわけじゃないしな。

1800年のストレスは、相当なものですよ？

それこそ、さっき【安眠】スキルで発動した「あの効果」でもない限り――。

「……ん？　ちょっと待てよ？」

「どうしたの？」

「そうだ、アレですよ！　アレをやればいいんですよ！」

「アレ？」

ぽかんとした顔でシロンをナデナデしている駄女神様。

今回の事件を引き起こした張本人なのに、何をまったりしちゃってるんですかあなたは。

駄女神様に少しだけ呆れながら、僕は続ける。

「ユグちゃん様が抱えているストレスを僕の【安眠】スキルの効果――【ストレス耐性】で浄化するんですよ。そうすれば、聖樹から瘴気が発生しなくなるんじゃないですかね？」

＊＊＊

恐る恐る茂みの中から出た僕は、周囲を警戒しながら慎重に足を進める。

僕の目の前には巨大なドラゴンたち。

敵愾心を向ける相手がいないからか、体を丸くしてうたた寝していたり、翼の手入れをしていたりのんびりしている。

「……グゥ？（……ん？）」

体を丸くしていたホワイトドラゴンが僕の姿に気づいて顔を上げたけれど、すぐに元の体勢に戻った。

僕を襲うつもりは全くなさそう。

僕は出てきた茂みに向かって合図を出した。

すぐさま、ララティィナさんを先頭にユーユさんとカイエンさんがやって来る。

「お、襲ってはこないみたいだな？」

ララティィナさんがごくりと息を呑んだ。

興味がないのか、ドラゴンはこちらを見向きもしない。

「やっぱりカイエンさんが言ってた通り、敵愾心を向けていない相手には襲いかかりはしないようですね」

ユグちゃん様の姿は見えないけど、聖樹に手を出そうと思わなければ彼女も襲ってくることはないだろう。多分。

「しかし……本当にここで眠るつもりなのか？」

ドラゴンを見上げながら、不安げにララティィナさんが尋ねてくる。

僕は深々と頷いた。

「うん。シロンの【広域化】スキルの範囲は数百メートルくらいだから、近づけば近づくほど効果が高くなるんだ。だから、できるだけ聖樹に近い場所で良質な睡眠を取りたいんだよね」

「ふむ……ユグドラシルのストレスを解消する、か。本当にそんなことができるのか？」

「できるはずだよ。さっきも【ストレス耐性】っていう効果が出たんだ」

効果は「嫌なことがあっても気分が落ちない」だっけ？

全く使えない「お笑い枠の効果」だと思ってたけど、まさかここにきて重要な意味が出てくるなんてなぁ。

【安眠】スキルを作った駄女神様もびっくりだろう。

「ヒ、ヒビキ様、ちょっと心配なことがあるんだけど……」

心底不安げな表情を浮かべているのはユーユさん。

「え？　心配なこと？」

「う、うん。ヒビキ様、ドラゴンと一緒に寝ちゃっても、ドラゴンの子供ができちゃったりしないよね？」

「するわけないでしょ」

食い気味に突っ込んだ。

ユーユさんってば、未だにその迷信を信じてたんですね。

誰に教えてもらったのかは知らないけど。

後でカイエンさんに、しっかり再教育するようにと言っておこう。

「しかしヒビキ様、ここで寝て【ストレス耐性】の効果は発動するのですか？」

カイエンさんが尋ねてくる。僕はにこやかに返した。

「大丈夫です。超高ポイントの快眠度を出せば間違いなく発動するはずです」

「どうやって高い快眠度を出すのだ？」

シロンが困ったような声を出す。

「ここでは吾輩好みの美味い料理を作ることも、お香を焚くこともできないが？」

持ってきた食材は馬と一緒にどこかに行っちゃったし、森の中で食材を探して料理をしようにも、調味料もなければ調理器具もない。

このまま地面で眠ったとしても、超高ポイントの快眠度を出すことは不可能。

だけど——その問題を解決できる方法も思いついちゃったんだよね。

「今回は彼に協力してもらいます」

「…………え？」

僕が指さしたのは、体を丸めているホワイトドラゴン。

先程「１５９００」の凄まじい快眠度を出すことができた睡眠ブレスを吐く氷竜だ。

料理やお香に頼らなくても、ホワイトドラゴンのブレスを使えば超高ポイントの快眠度を出すことができるってわけだ。

「というわけで、皆さんはここでちょっと待っていてください」

この距離なら、みんなにも１５９００の快眠度効果を付与することができるはずだからね。

「わかった。気をつけるんだぞヒビキ」

「ここで待ってる。何かあったらすぐに声をかけてね、ヒビキ様」

「どうかお気をつけて」

「……うん！」

ラテティナさんたちに見送られ、頭にシロンを乗せたままホワイトドラゴンの顔のすぐそばまでやって来る。

しかし、こうして近くで見るとすんごく怖いな。

巨大なワニっていうか。

がぶりと食らいつかれたら、一発であの世行きになっちゃいそうだ。

「こ、こんにちは」

「……？」

ギョロッと瞼を開けるホワイトドラゴン。

ぬうっと顔を上げて僕の体の匂いをスンスンと嗅いだけれど、すぐに丸まって目を閉じてしまった。

「ふむ。ブレスを吐かんな」

「だね」

シロンを抱きかかえてブレス攻撃に備えていたけど、何もしてこなかった。

さて、どうやってブレスを吐いてもらおうかな？

敵愾心を向けたら攻撃をしてくるだろうけど、他のドラゴンたちも戦闘モードになっちゃうだろうし。

「シロン、何かいい方法ないかな？」

「ドラゴンがブレスを吐くのは、初めて見る獲物を狩るときだと聞く。正体がわからない対象を仕留めるため、とりあえずブレスを吐いて様子を窺うというわけだ」

なるほど。

要は「今まで見たことがなくて美味しそうなもの」が目の前にあったらブレスを吐くかもしれないってことだな。

このホワイトドラゴンが知らなくて、美味しそうな見た目のもの。

「……あ、そうだ」

「む？　何かいいアイデアを思いついたか？」

「うん。これだよ」

腰につけていた麻袋の中から取り出したのは、黄金に輝くトマトだ。

ドラゴンの大好物だという伝説が残る、絶滅の危機に瀕していた黄金トマト。

これなら見たことがないだろうし、興味を持ってくれるはず。

「しかしヒビキよ。本当にそんなものをドラゴンが欲しがるのか――」

そこでシロンが言葉を呑み込んだ。

さっきまで寝ていたホワイトドラゴンが、ギョロッと目を見開き、興味津々にこちらを見ていたからだ。

「……見ておるな」

「うん。めっちゃ見てるね」

効果てきめんってやつだな。

よしよし。これならいけるぞ。

「ほら、食べたいならあげるよ」

「ガウ……ッ（美味しそう……っ）」

黄金トマトを掲げると、ホワイトドラゴンが舌を鳴らし始めた。

ブレス攻撃の前兆だ。

慌ててポイッと空中にトマトを投げる。

瞬間、ドラゴンの口が白銀に輝き出した。

「きたっ！　フロストブレスだ！」

黄金トマトの落下地点に先回り。

シロンにブレスが当たらないように抱きかかえたままドラゴンに背を向ける。

ホワイトドラゴンが強烈なブレス攻撃を放った。

瞬く間に周囲が凍りつく。

発動している【属性耐性（無効）】のおかげでダメージはなかったが、体が鉛のように重くなった。

よし。あのときと同じ睡眠効果だ。

「う……眠くなってきた……【広域化】を頼むよ……シロン」

「ああ、任せろ。存分に吾輩をモフるがよい」

膝をつき、顔をシロンのお腹に埋める。

ああ、気持ちがいいなぁ。

こんな状況で言うのも何だけど、シロンのお腹の毛って最高だ。

＊＊＊

「ヒビキッ！」

「……っ⁉　はいっ！　申し訳ありませんっ…………って、あれっ？」

飛び上がるように起きた僕は、しばし呆然と固まってしまう。

周囲に見えるのは薄暗い森。

お腹の上には丸くなったシロン。

そして——不安げに僕の顔を覗き込む、ラティナさん。

その顔を見て、次第に記憶がはっきりしてくる。

どうやら、びっくりしすぎて社畜時代のクセが出ちゃったみたい。

ていうか、何してたんだっけ？

ええっと、確かドラゴン軍団に襲われて、それでユグちゃん様を【ストレス耐性】で正常化させようと考えて——。

「あ、そうだ！　ユグちゃん様は——もがっ⁉」

「ああ、良かったっ！」

泣きそうな顔のラティナさんに思いっきりハグされてしまった。

「無事だったのだな！　ホワイトドラゴンのブレスをまともに受けて動かなくなったから、てっきりやられてしまったのかと……」

「ご、ごめん。心配をかけちゃったね」

「本当だぞ！　寿命が縮まってしまったじゃないか！」

「えへへ」

「わ、笑い事ではないっ！」

むくれるラティナさんを見て、つい笑みがこぼれてしまう。

ここまで心配してくれるなんて嬉しい。

少し離れた場所に、カイエンさんとユーユさんもいる。

なんだか驚いた顔をして周囲を見渡しているけど、一体どうしたんだろう。

「……あっ」

周りを見て、カイエンさんたちの表情の意味がすぐにわかった。

先程まで辺りにたむろしていたドラゴンたちの姿はどこにもなかった。

空中を舞っていたドライアドたちもいない。

それに、瘴気のニオイもしないし、不気味な雰囲気も消えてしまっている。

一番驚いたのが、聖樹の姿だ。

「す、すごい……！　聖樹の姿が！」
不気味な赤紫色だった葉は黄金色に輝き、幹も美しい白色に変わっている。
正に聖樹の名にふさわしい、神々しい見た目だ。
「黄金色の葉に乳白色の幹。伝説通りの美しい姿だな」
ラティナさんが、感動したような溜息を漏らす。
どうやら、これが本来の聖樹の姿みたいだね。
てことは、僕の【安眠】スキルの効果で【ストレス耐性】が発動したってことだよね？
やった！　作戦は大成功だ！
『ヒビキ』
と、そのときだ。
聞き覚えのある声がふわりと流れてきた。
ユグちゃん様の声だ。
どこにいるんだろう……と思っていると、空中から誰かが降りてきた。
『すっかりお主に助けられてしまったようじゃの』
「……うえっ!?」
ぎょっとしてしまったのは、ユグちゃん様の姿も大きく変わっていたからだ。
幼女の姿じゃなく、綺麗なお姉さんの姿になっている。
髪の毛の色も聖樹の幹と同じ綺麗な白色に変わっているし、瞳も黄金色。

緑のポンチョも綺麗なドレスになっていて、精霊王っぽい威厳と美しさがある。

『ふふ、驚いたか？　これがワシの本来の姿じゃ』

「ユグドラシル様の本来の姿……」

『ユグちゃんじゃ』

あ、呼び方は変わらないのね。

「お、おお」

カイエンさんが感嘆の声を漏らした。

どうやら彼らにもユグちゃん様の姿が見えているみたい。

「この御方がユグドラシル様……!?」

『ユグちゃんだと言っておるだろう』

「すごい綺麗な人……この御方がユグドラシル様なんですね」

『だからユグちゃんだと……ああもう、好きなように呼べい！』

プンスカ怒り出すユグちゃん様。

性格は幼女のときと変わってないみたいだな。

見た目はすんごく綺麗だから、ギャップがすごい。

ユグちゃん様はコホンと咳払いを挟み、続ける。

『すまなかったな、ヒビキとその仲間たちよ。本来ならお主らを助ける存在であるはずのワシが、逆に命を脅かしてしまうとは。この通り、許してほしい』

「ユグちゃん様は何も悪くありませんよ。あなたに無理難題を無理やり押し付け、休みすら与えずケアを怠っていた駄女神様が悪いんです」

『駄女神？』

「はい。女神アルテナ様のことですよ。僕は駄女神って呼んでるんです。だってあの人、だめだめな女神でしょ？」

『……ぷふっ』

真剣に聞いていたユグちゃん様は、目を丸くすると同時に盛大に噴き出した。

『うわっはっはっは！　駄女神アルテナか！　確かにあれは酒癖は悪いし、なにかと仕事をサボろうとするし……うむ、正に駄女神じゃな！　今度会ったらそう呼ぶことにしよう』

「はい、そうしてください」

つられて僕も笑ってしまった。

次会ったときに駄女神様に怒られちゃうかもしれないけど、甘んじて受け入れましょう。

だって全部あの人のせいだし。

ユグちゃん様は何も悪くない。

むしろ１８００年も休まず働くなんて、すごい頑張り屋なんだと思う。

頑張りすぎた結果、自分でも気づかない疲弊が溜まっちゃったんだ。

ま、駄女神様くらい適当なほうが精神的にはいいんだろうけどね。

「とにかく、ユグちゃん様が元の姿に戻れて本当に良かったです。これで僕たちも瘴気に脅かされることがなくなるでしょうし」

『そうじゃな。元々この世界にあった瘴気の根源は、ワシが100年ほど前に対処しておるから、二度とこの世界に瘴気が出てくることはないじゃろう。駄女神のせいで、再びワシのような者が現れんかぎりな』

「……そう願いたいですね」

一抹の不安。

一応、駄女神様に確認しておいたほうがいいかもしれないな。

ユグちゃん様みたいに長期間放置してる精霊がいないとも限らないし。

第2、第3のユグちゃん様が出てきたら大変だ。

『そうじゃ。ヒビキ、お主にお礼がしたい』

「え？　お礼、ですか？」

『ああ。ワシを救ってくれたお礼じゃ。これを受け取ってくれ』

「それって……卵ですか？」

ユグちゃん様が手にしていたのは、水色の卵だった。

大きさはシロンと同じくらいかな？

地球上で一番大きいって言われてたダチョウの卵よりもデカい気がする。

「それって、何の卵なんです？」

『ふふ、それは孵化《ふか》してのお楽しみじゃな。だが安心しろ。きっとヒビキの役に立つはずじゃ」

「……？」

僕の役に立つ？

何だろう。ちょっと不安なんですけど。

でも、役に立つというのなら悪いものじゃないよね？

「ありがとうございます。頂戴します」

『うむ』

卵を受け取ると、ユグちゃん様の体がふわりと宙に浮かんだ。

『ありがとう、ヒビキ。そして人の子らよ……この恩は未来永劫、忘れぬぞ』

そしてユグちゃん様は聖樹の黄金色の葉の輝きの中に消えていく。

温かい風が森の中を吹き抜けた。

聖樹の葉がざわめき、枝から離れた黄金色の葉が、まるで花吹雪のように舞い踊る。

これは、すごい光景だ。

「す、すごい……」

「うわぁ、綺麗」

ラララティナさんとユーユさんが感嘆の声を漏らした。

と、そんな彼女たちの声に呼応するように馬の嘶《いなな》きが聞こえた。

黄金色の葉が舞う中、僕たちが乗ってきた馬がゆっくりと歩いてきている。

もしかして、ユグちゃん様が見つけてくれたのかな？

これで無事にフラン村に戻れそうだ。

「……さて、村に帰りましょうか」

「ああ、そうだな」

「うむ」

「そうだね！　戻ろう！」

３人が笑顔でそう答える。

そうして僕は、馬の手綱を握ると、聖樹を見上げて最後にこう願った。

――ユグちゃん様、ちゃんと休暇を取ってくださいね。

なにせ、１８００年分の有給が溜まってるでしょうから。

＊＊＊

鬼胎樹海を後にした僕たちがフラン村に到着したのはそれから2日後だった。

カイエンさんの怪我は、馬に載せてあったポーションを使って治療した。

途中で野宿する必要があったんだけど、ありったけのポーションを使ったので傷が開くこともなく、無事に旅を終えることができた。

そんな僕たちを迎えてくれたのは、大勢の村の人たちだった。

まるで魔王を討伐した勇者が凱旋したかのように、皆は僕たちの帰還を喜んでくれた。

嬉しい反面、困惑してしまった。

だって、僕らが瘴気の根源を断つことに成功したのは知らないはずだし。

サティアさんに尋ねてみたところ、どうやら村にやって来る旅人や湯治客が口々に「瘴気が消えた」とこぼしてたらしい。

それで僕たちが瘴気を断つことに成功したとわかったわけだ。

旅人が言うには、この島だけじゃなくゾアガルデ全体から瘴気が消えたという。

それを考えると、多分国外……例えば大陸のゼゼナンでも、瘴気が消えているに違いない。

次にアルスラン商会のロンドベルさんが来たときに話を聞いてみようかな。

そんなふうに帰還を祝ってもらう中、改めてカイエンさんからも瘴気浄化に協力したお礼を言われた。

瘴気撲滅はカイエンさんの悲願だって言ってたからね。

かしこまって「改めて娘をヒビキ様のご正妻に……」なんてお願いされたけど、それは謹んでお断りさせていただいた。

というわけで、無事に瘴気問題は一件落着。

これで僕の異世界安眠生活を脅かす存在はなくなった——と思ったんだけど。

「えへへ、お休みのところごめんね、ヒビキちゃん」

村に帰ってきた日の夜——。

温泉に入って、数日ぶりのベッドにシロンと潜り込もうとしたとき、天井にいつもの魔法陣が出現し、駄女神様が姿を現した。

「あれ？　どうしたんですか駄女神様？」

「や、ちょっと御礼を言っておこうと思ってさ？　いろいろとありがとうね。今回は本当に助かったよ」

「いえいえ、そんな御礼を言われるようなことは」

「またまた謙遜しちゃって。あたしの睡眠不足問題だけじゃなく、瘴気問題やユグドラシルの件まで片付けちゃうなんて、本当に予想以上の働きなんだよ？　ふたりしてあたしのこと駄女神ってディスってたのも許そうじゃない」

「そうですか。お褒めに預かり光栄です」

「ん〜、おかしいな？　顔が全然嬉しそうじゃない気がするんだけど？」

あら。顔に出ちゃってたか。

でもまぁ、今回の件はさすがに怒ってもいい部類のことだよね。

「あ、もしかして、怒ってる？」

駄女神様も気づいたのか、頬を引きつらせる。

僕は溜息交じりで続ける。

「怒ってないと言ったらウソになりますね」

「あ、あはは、ごめんって」

「本当に頼みますよ駄女神様。世界を滅ぼす瘴気の原因が、この世界を作った女神アルテナ様にあったなんて知られたら威厳が地に落ちるレベルじゃないですよ？」

「はい、全くもってヒビキちゃんの仰る通りでございます。その件につきましては上司よりきっついお叱りのお言葉をいただきまして」

あ、そうなんだ。

そりゃあ怒られるよね。仕事のケアレスミスで大事故を起こしたようなもんだし。

ちなみに、少し不安になったので「他にユグちゃん様みたいな人はいないですよね？」と確認したけど「絶対、多分、きっと大丈夫」と、そこはかとなく怪しい言葉を返された。

う～む。とてつもなく心配だなぁ。

また同じようなことが起きても助けてあげませんからね？

「それで、今回の件であたしの上司からヒビキちゃんに言付けがあるんだけど」

「……え？　上司さんから？」

思わず身を正してしまった。

駄女神様の上司って、正真正銘、全知全能の神様ってことですよね？

神様からの伝言だなんて、おいそれと聞けるものじゃないよ。

「あたしの話を聞いてるときより神妙な面持ちなのが気に食わないけど……まぁ、いいや。あたしと同等の権限をあげるから、代わりにフレンティアの管理をしてくれないかってさ」

「…………はい？」

つい首を捻ってしまった。

駄女神様の代わりにフレンティアの管理者になれ？

それってつまり――。

「ちょ、ちょょっと待ってください！　もしかして、この世界の神様になってくれってことですか⁉」

「平たく言うとそういうことになるわね。実はあたしも他に4つほど世界の管理を任されててさ。ヒビキちゃんに委任できたらいいなって思ってたんだよね」

「他に4つ」

憂いの目。

なるほど。つまり駄女神様も被害者だったってわけですね。

そんな数の世界の管理をしてたら、そりゃあケアレスミスは発生するわ。

諸悪の根源は、全知全能の神様だった……？

神様業界って凄まじくブラックなんだなぁ。

「それで、どうかな？　悪い話じゃないと思うんだけど」

「申し訳ないんですけど、お断りさせていただきます」

わずかな躊躇もなく、きっぱりと答えた。

「そういう重大な仕事は前世でこりているので。僕はこれからも昼寝をしながら駄女神様の化身として、のんびり生きていきますよ」

「……そっか。まぁ、ヒビキちゃんならそう言うと思ってたけど」

駄女神様は、少しだけ残念そうにしながらも納得がいったような顔をした。

「驚かないんですね」

「なんだかんだ言ってヒビキちゃんとの付き合いも長いからね。それに、生前、仕事を辞めてのんびりした生活を送りたいって願ってたのは知ってたし」

「……そういえばそんなこと願ってましたね」

ずいぶんと遠い昔のような気がするけど。

あれからいろいろあったからなぁ。

「ユグちゃん様の件とかいろいろありましたけど、この世界に転生させてもらったことは感謝してますよ、駄女神様」

「そりゃあよかった。でも感謝してるなら、その駄女神呼ばわりはやめてくれるかな？」

そう言って、駄女神様がひょいと僕に何かを投げ渡してきた。

先日、駄女神様が飲んでいた缶チューハイだ。

前も思ってたけど、どうやって手に入れたんだろう。

ラベルが日本語だし、日本から輸入しているのかな？

「久しぶりの現代日本の味で乾杯しよ？　こういうの本当はだめなんだけど、今回のお礼で特別にね？」

「……いいですね」

なんだか久しぶりに飲みたくなったな。

まぁ、社畜時代は全く飲んでなかったんだけど。

眠っているシロンを起こさないように、静かに乾杯。

口をつけると、実に懐かしい味が口の中に広がった。

「久しぶりの現代の味の感想は？」

面白そうに駄女神様が尋ねてきた。

僕はしばし考え、肩をすくめる。

「こっちの世界のお酒のほうが合ってる気がします」

「あはは、すっかり異世界の味に馴染んじゃったか」

駄女神様が楽しそうに笑う。

こっちの少しだけ薄いお酒が好きなんだよね。

子供の姿の僕にはぴったりっていうかさ。

もはやフレンティアの味は僕にとって「異世界の味」じゃなく、「現実世界の味」になっちゃったみたいだ。

＊＊＊

翌朝。

「ヒビキ様」

久しぶりのフラン村の朝を楽しもうと、窓辺に腰掛けて早朝のコーヒーを飲んでいたら、部屋にラムヒルさんがやって来た。

「おはようございます、ラムヒルさん。何かありましたか？」

「昨日、ヒビキ様が森からお持ち帰りになられた卵に変化がありまして」

「……変化？」

「はい。卵にヒビが入っておりました。おそらく雛が孵《かえ》るかと」

「おお、本当ですか！」

それは吉報だな。

というか、昨日の今日で雛が孵るなんてちょっと早すぎな気もするけど。

何はともあれ、卵を保管している庭の小屋へと向かう。

ラムヒルさんに話を聞いたのか、すでにララティナさんとユーユさん、それにカイエンさんの姿もある。

みんな、ユグちゃん様からいただいた卵から何が出てくるのか気になってたみたいだし、興味津々といった様子だ。

僕もその輪に交ざる。

すると、まるで僕の到着を待っていたかのように、卵に大きな亀裂がパキッと入った。

「……おお、見ろ。割れたぞ！」

「わ、雛が出てくるよ！」

ゆっくりと殻が落ち、中から雛が姿を見せる。

殻から顔を出したのは――大きなトカゲだった。

ただ、少し普通のトカゲと違う。

白い羽毛が生えていて、口からチロチロと冷気を吐いている。

ちょっと待って。これって――。

「ホワイトドラゴンの雛だな」

僕の頭の上から見ていたシロンがポツリと言った。

うん。間違いない。

これはあの白い毛が生えていた氷竜ホワイトドラゴンの雛だ。

そんなホワイトドラゴンの雛は、僕とシロンの顔を見て「きゅいっ」と可愛い鳴き声をあげる。

『ママ？』

「……え？」

びっくりした。

どうしてか同時翻訳みたいに言葉がわかるんだけど――あ、【翻訳】スキルの効果か。

というか、僕のことお母さんだと思ってる？

「はわぁ……！」

雛を見て、ユーユさんが頰を赤く染める。

「も、もしかして、この子、ユーユとヒビキ様の子供なのっ⁉　一緒に寝ちゃったから⁉　ていうか、念願の孫だよ、お父様！」

「おい、ふざけたことを言うなユーユ！　どこからどう見ても、私とヒビキの子供だっ！　みろ、この目！　私にそっくりだろう！」

「どっちも違う」

速攻で突っ込んでしまった。

何で僕の子供がドラゴンなんだよ。

ふたりとも、カイエンさんに再教育されてください！

しかし、と可愛く鳴いている雛を見て思う。

どうしてユグちゃん様は僕にホワイトドラゴンの卵をくれたんだろう？

僕の役に立つって言ってたけど。

「安眠のためではないか？」

そう言ったのは、頭の上から降りてきたシロン。

珍しそうに、ドラゴンの雛の匂いをくんくんと嗅いでいる。

「安眠？　どうして？」

「ホワイトドラゴンのフロストブレスで高い快眠度を出せたからな。いざというときに協力してもらえ、ということだろう」

ああ、なるほど。フロストブレスで眠ったとき、快眠度１５９００というとてつもない数値を出してたからなぁ。

僕の安眠生活にもってこいといえば、もってこいな存在。

だけど僕としてはもっとこう、自然に眠りたいんだけどな？

「というか、ドラゴンをペットにするって危険すぎない？」

「いや、私は大丈夫だと思うぞ」

ラティナさんがシロンを撫でながら続ける。

「なにせヒビキは女神アルテナ様の化身……この激カワ聖獣バロンをペットにしているのだからな」

「吾輩はペットではない」

シロンが異を唱えるようにフンスと鼻を鳴らす。

だけど、ラティナさんにはシロンの言葉がわからないので「おお、シロンも同意してくれるのか」と撫でられまくっていた。

確かに聖獣バロンと一緒にいるんだから、なんとかなりそうな気もする。

それに、僕のフレンティア生活も初めからトラブル続きだったし、きっとどうにかなるだろう。

うん。なんだか大丈夫な気がしてきた。

これからはこのホワイトドラゴンも一緒に、のんびり楽しく、ゆるりと異世界安眠生活を送りましょうかね。

あとがき

ブラシが無い歯ブラシを買いました。

――と言っても、全くブラシが無いわけじゃなく、半分だけ無いやつです。

皆さんご存知だと思いますが、歯ブラシというのは歯を磨くためのもの……。

なのに歯垢を取るためのブラシが半分もないものを買うなんて、この作者はそんなにあとがきのネタ探しに必死なのかと心配されたに違いありません。

安心してください。違います。

これには深い理由があります。

なんと、歯ブラシのパッケージに「新感覚歯ブラシ」と書いてあったのです！

わざわざ新感覚と謳っているのだから、ブラシが半分で事足りるすごい歯ブラシなんだろう。

そう思ったのですが、いざ使ってみると全く使い物にならず、良く見たらヘッドの部分に「本当ならここにブラシが入ってるんだよ！」と言いたげな穴が開いていました。

はい、ただの不良品でした。

そういうこと、結構ありますよね。いわゆる「先入観」というやつでしょうか？

以前、とあるラーメン屋で「野菜ラーメン」なるものを頼んだ時に、野菜しか入っていないことがありました。

てっきり「ほほう。野菜しか入っていないから野菜ラーメンなんだな。この店、やりおる」と通ぶったことを思ったものですが、店員さんが麺を入れ忘れていただけでした。

先入観って、ホントよくない。

これからは固定的な概念は捨てて、柔軟に物事を捉えていこうと思います。

というわけで、みなさんもあとがきは作品のことを書くものだという先入観は捨ててくださいね。

あとがきは終わりです。


上手くまとまったところで、最後に謝辞を。

編集者M様、いつもありがとうございます。今回のあとがきの出来はいかがでしょうか？

イラストを担当いただきました、東上文先生。

イメージ通りの可愛い&カッコいいデザインありがとうございます。特にシロンの可愛さにもうメロメロになってしまいました……。羽根付いてるの、良き……。もふりたい……。

そして、本書の制作に携わってくださった皆様と、こうして本書を手にとってくださった皆様に、心からの感謝を！

邑上《むらかみ》主水《もんど》

神からもらった【安眠】スキルはどうやら領地経営に最適だったようです
～聖獣とのんびり昼寝していただけなのに、気付けばなんでも育つ最強領地になっていた～

2024年5月24日　初版第1刷発行

著　者　邑上主水

発行人　菊地修一

発行所　スターツ出版株式会社

〒104-0031　東京都中央区京橋1-3-1　八重洲口大栄ビル7F
TEL　03-6202-0386（出版マーケティンググループ）
TEL　050-5538-5679（書店様向けご注文専用ダイヤル）
URL　https://starts-pub.jp/

印刷所　大日本印刷株式会社

ISBN　978-4-8137-9334-2　C0093　Printed in Japan

［邑上主水先生へのファンレター宛先］
〒104-0031　東京都中央区京橋1-3-1　八重洲口大栄ビル7F
スターツ出版（株）　書籍編集部気付　邑上主水先生

話題作続々！異世界ファンタジーレーベル

ともに新たな世界へ

グラスト NOVELS

2024年7月
5巻発売決定!!!

毎月第4金曜日発売

平和を取り戻した獣人村に
新たな来客が…!?

著・錬金王　　イラスト・ゆーにっと

定価：1485円（本体1350円+税10%）※予定価格

※発売日は予告なく変更となる場合がございます。